LES ROYAUMES OUBLIÉS

LA FONTAINE DE PÉNOMBRE

LES ROYAUMES OUBLIÉS AU FLEUVE NOIR

La trilogie de l'Elfe Noir
4. Terre Natale
5. Terre d'Exil
6. Terre Promise
par R.A. Salvatore
La trilogie des héros de Phlan
7. La Fontaine de Lumière
8. Les Fontaines de Ténèbres
9. La Fontaine de Pénombre
par J.M. Ward, J. Cooper Hong, Anne K. Brown
10. Magefeu
par Ed Greenwood
La trilogie de la Pierre du Trouveur
11. Les Liens d'azur
12. L'Éperon de Wiverne
13. Le Chant des Saurials
par Jeff Grubb et Kate Novak
14. La Couronne de feu
par Ed Greenwood
La trilogie du Val Bise
15. L'Éclat de Cristal
16. Les torrents d'argent
17. Le joyau du petit homme
par R.A. Salvatore
La trilogie du Retour aux Sources
18. Les revenants du fond du gouffre
19. La nuit éteinte
20. Les compagnons du renouveau
par R.A. Salvatore
21. Le prince des mensonges
par James Lowder

LES ROYAUMES OUBLIÉS

LA FONTAINE DE PÉNOMBRE

par

JAMES M. WARD
et
ANNE K. BROWN

FLEUVE NOIR

Titre original :
Pool of Twilight

Traduit de l'américain
par Michèle Zachayus

Collection dirigée par Patrice Duvic
et
Jacques Goimard

ISBN : 2-265-00210-0

CHAPITRE PREMIER

SOMBRES RÊVES

Dans la pénombre de l'arche, le paladin respirait un air âcre. Les ruines paraissaient... *déplacées*. Avec leurs colonnades implantées de façon impossible... les murs saturés d'humidité donnaient une impression de mouvement. L'architecte avait-il été atteint de démence ?

D'une main qu'enserrait un gantelet, le paladin empoigna un marteau de guerre ; de l'autre, il tenait un bouclier blanc dépourvu de blason. Avant d'avoir l'honneur d'arborer un symbole, il fallait apporter la preuve de sa vaillance.

C'était l'épreuve du feu pour lui.

Il franchit l'arche.

Immédiatement il sentit l'aura du Mal qui planait dans les airs ; elle s'incrusta sur sa peau, à l'instar d'une fine couche d'huile rance. Il l'ignora de son mieux en poursuivant son chemin dans les ténèbres. Son bouclier émettait une faible lueur bleue qui éclairait son chemin.

— *Oui... Viens à moi, toi qui cherches le Mar-*

teau.

Aiguë, la voix surnaturelle paraissait provenir de partout et de nulle part.

— Qui es-tu ?

Les battements du cœur du jeune homme résonnaient sourdement sous sa poitrine cuirassée.

— *Je suis ta fin !*

Sans crier gare, un éclair pourpre déchira la nuit pour révéler une pièce aux proportions monstrueuses. De pesantes voûtes de pierre soutenaient un plafond qui se perdait dans un abîme écarlate. Les murs donnaient l'impression d'être faits d'énormes blocs oblongs. Y regardant à deux fois, on s'apercevait qu'il s'agissait de cercueils.

Des centaines, des milliers de cercueils.

De l'or, du bois rongé aux vers, de la pierre couverte de runes et de l'osier pourri... Beaucoup des sépultures étaient fendues, exposant aux regards leurs mortelles dépouilles. A tous les stades de la décomposition, les cadavres le narguaient de leurs orbites vides, de leur rictus de mort.

— *Viens, jeune pousse ! Incline-toi devant moi, avant que je t'écartèle.*

Des ombres dansaient. Presque malgré lui, le paladin approcha. Il remarqua à peine les trésors entassés à ses pieds. Des urnes d'argent brillaient comme des cœurs démesurés. Des coffrets d'or gisaient, le couvercle brisé ; des torrents de joyaux en coulaient pareils à des geysers de sang.

— *Plus près, jeune pousse. Viens contempler ce pour quoi tu as sacrifié ta misérable et éphémère existence.*

Un éclat azur cingla les airs. Le paladin discerna une présence insolite juste avant que les ombres se referment sur elle.

— *Et maintenant, meurs* !

Venue des profondeurs obscures de la nef, quelque

chose fondit sur lui à une vitesse inouïe. Le paladin eut le temps de lever son bouclier blanc, qui éclata en mille fragments. Une douleur fulgurante lui déchira l'avant-bras. Les dépouilles qui peuplaient les cercueils se gaussèrent de lui en un hideux concert de dents et d'os.

Le paladin repoussa la panique qui lui broyait la poitrine.

— Je ne faillirai pas, Tyr ! s'écria-t-il à l'adresse de son dieu.

Il fendit l'air de son marteau de guerre.

Mais son équilibre était précaire.

Ses talons glissèrent sur des pièces d'or. Son coup dévia ; le marteau disparut dans les ombres en tournoyant follement. Un rire strident jaillit d'une alcôve ; les squelettes firent de nouveau chorus : une cacophonie de grincements et de claquements morbides. Vaincu, le paladin baissa la tête.

Il n'était pas un héros.

— *Non, en effet. Tu es un imbécile. Et tu mourras en imbécile* !

Des griffes noires comme le jais déchirèrent la nuit, lacérèrent son poitrail comme du vulgaire parchemin. Quatre balafres de feu stigmatisèrent sa chair, lui infligeant d'atroces douleurs. Le sang jaillit sur les dalles.

— Non ! Tyr, viens à mon secours ! Rien ne devait finir ainsi !

Seul le silence lui répondit. Son dieu l'avait abandonné. L'être drapé de ténèbres bougea de nouveau, s'apprêtant à lui donner le coup de grâce.

*
* *

— Kern, reviens !

Un cri déchira l'obscurité. Calme et rassurante, la voix lointaine paraissait venir du bout de l'univers.

— Il ne t'entend pas, Shal.

L'autre voix était plus grave, plus rauque. Plus inquiète aussi.

— Mais si, insista la première voix, plus proche. Ce n'est qu'un rêve, Kern. Reviens vers nous.

Il lutta pour briser la chape de plomb qui pesait sur lui. Il n'arrivait plus à respirer.

— *Kern Miltiades Desanea*, reviens maintenant !

Il fit appel à toutes ses forces pour rejoindre un infime point de lumière qui grandissait progressivement. A l'instant où il allait baisser les bras, il revint à la surface...

— Mère... Père..., croassa-t-il, la gorge sèche. C'était de nouveau ce rêve...

Il se trouvait chez lui, dans la chambre qu'il occupait depuis vingt-deux ans, au cœur de la tour de Denlor. Une belle femme lui souriait, le visage auréolé d'un casque de cheveux flamboyants ; son regard vert égalait l'éclat de l'émeraude. Une aura de magie l'enveloppait. Rien d'étonnant à cela : c'était une enchanteresse.

— Tout va bien, Kern, dit-elle, repoussant une mèche rousse de son front. Tu es de retour parmi nous.

— Shal, que signifie tout cela ? demanda Tarl, inquiet.

Homme vigoureux, de forte carrure, le champion de Tyr était encore jeune, malgré sa saisissante chevelure blanche. Ses yeux morts étaient perdus dans le vide tandis qu'il cherchait son fils à tâtons.

Kern cria de douleur.

Le front plissé, Shal repoussa la couverture et hoqueta :

— Tu es blessé, Kern !

Quatre longues balafres sillonnaient sa chemise, la maculant de sang. Le jeune homme avait du mal à respirer.

— Mais... ce n'était qu'un rêve ! protesta-t-il.

— Comment est-ce possible ? demanda Tarl.

Doucement, avec une maîtrise d'expert, il explora du bout des doigts les blessures de son fils. Tarl était prêtre depuis trente ans ; il avait soulagé un nombre incalculable de souffrances.

— Tu as fait ce cauchemar une douzaine de fois, Kern, mais c'est la première qu'une telle chose se produit.

— Peux-tu le guérir, mon amour ? demanda Shal d'une voix calme.

Tarl acquiesça, plaçant ses mains sur la poitrine de leur fils. Yeux clos, il murmura une prière :

— Puisse Tyr m'accorder la puissance en ces temps difficiles...

Un halo saphir se dégagea de ses doigts et baigna les plaies sanguinolentes, irradiant une énergie régénératrice.

La lumière mourut soudain. Des toiles d'araignée recouvrirent le lit et son occupant.

— Quand tes pouvoirs de guérisseur ont-ils échoué pour la dernière fois, Tarl ? demanda Shal.

— Quand j'étais néophyte, il y a trente ans. Je ne comprends pas ce qui s'est passé. Le sort se déroulait à merveille, quand brusquement quelque chose a paru *aspirer* la magie.

Tarl pressa les mains sur les plaies de son fils pour stopper l'hémorragie. *Un paladin se moque de la souffrance*, se rappela le jeune homme en serrant les dents. Mais il n'était pas encore un paladin.

— Que se passe-t-il ? demanda une voix d'une cristalline limpidité.

Une jeune fille délicate se tenait sur le seuil. Avec sa tunique vert feuille et ses cheveux coupés court, elle ressemblait à un joli garçon manqué. Listle, l'apprentie de Shal, eut un sourire espiègle :

— J'ai entendu des grondements d'ogre...

La fluidité de ses mouvements était l'héritage de son sang d'elfe. Ses oreilles se terminaient délicatement en pointe, ses yeux étaient gris. Elle portait un rubis au bout d'une chaîne d'argent.

— Kern ! Que t'est-il arrivé ?

— Listle, dit Shal d'une voix ferme, il y a une jarre pourpre sur la plus haute étagère de mon bureau. Tu la reconnaîtras à son sceau en forme d'étoile. Va la chercher tout de suite !

Des étincelles argentées crépitèrent aux pieds de la jeune elfe ; elle partit si vite que sa silhouette parut se dissoudre.

— Elle ne devrait pas faire cela, dit Shal, contrariée. Ces sorts de célérité coûtent des années de vie. Les elfes vivent très longtemps, il est vrai, mais ce n'est pas une raison pour gaspiller des mois de son existence chaque fois que le caprice lui en prend.

— Allons, femme, dit doucement Tarl, elle désire nous aider...

Listle revint comme une petite comète d'argent.

— Désolée que cela ait pris si longtemps, haleta l'elfe échevelée. Tu as une collection de flacons et de fioles des plus déconcertantes, Shal.

— As-tu trouvé l'onguent ?

L'elfe le lui tendit ; la sorcière blanche brisa le sceau d'un mot magique.

— Kern, dit Shal, écoute-moi attentivement. Tu dois t'ouvrir au pouvoir de guérison : imagine-toi cerné par un bouclier de lumière blanche... Très bien, maintenant, abaisse ce bouclier, lentement, jusqu'à ce qu'il ne soit plus qu'un cercle brillant à tes pieds.

Kern serra les mâchoires, faisant un immense effort de volonté, et accomplit la prouesse.

— A toi, mon chéri, dit Shal à son époux.

Avec des gestes sûrs, Tarl appliqua la crème sur les plaies de son fils, et reposa le flacon vide.

Rien ne se produisit.

— Concentre-toi, Kern.

Soudain, ce dernier sentit une bienfaisante fraîcheur sur sa poitrine. Les douleurs cessèrent.

Soulagé, il vit que les blessures avaient disparu sous sa chemise en lambeaux.

— Merci, mère, merci, père, sourit-il faiblement. Toi aussi, Listle.

Il s'endormit comme une souche.

*
* *

— Je n'y comprends rien, Tarl ! rageait Shal.

Un feu brûlait dans la grande cheminée de marbre. Kern dormait à l'étage.

— Par tous les dieux, pourquoi un rêve le blesse-t-il ainsi ?

La femme au corps sculptural pressa son front moite contre la poitrine de son époux ; Tarl la serra tendrement dans ses bras.

— Tout ce que je peux dire, répondit-il, c'est qu'il doit s'agir d'une créature formidable.

— Tu penses que notre fils a affaire au gardien du Marteau de Tyr ?

— Oui. C'est la seule hypothèse. L'abomination en question sait que le destin de Kern est de retrouver le Marteau sacré.

Shal frissonna... Tout avait commencé vingt-deux ans plus tôt, mais il lui semblait que c'était hier... Avec l'aide du dieu maléfique Baine, le Sorcier

Rouge de Thay avait *enlevé* la ville de Phlan, dans le but de livrer sa population à la Fontaine de Ténèbres. Marcus voulait devenir un demi-dieu... Mais Shal, Tarl et leurs amis s'étaient opposés à ses noirs desseins ; en jetant le Marteau sacré de Tyr dans les eaux souillées, Tarl les avait vaincues.

Ce faisant, il avait donné l'occasion à Baine le Fléau de s'emparer du symbole du dieu de la Justice... Avant de disparaître, Miltiades, le paladin d'outre-tombe, avait prédit que le nouveau-né de Shal et de Tarl retrouverait l'arme sacrée, même si Baine estimait l'avoir cachée en un lieu inaccessible. Jusqu'à présent, le couple avait caché cette prophétie à Kern.

— Par Tyr ! s'exclama le prêtre, j'irais moi-même si... (Il se laissa tomber dans un fauteuil, miné par le désespoir.) Que suis-je devenu ? se lamenta-t-il. Je ne peux même plus protéger notre fils quand il a besoin de moi. A quoi sert un héros aveugle, Shal ?

— Assez ! dit-elle sèchement. Assez d'absurdités. L'auto-apitoiement te sied très mal, prêtre de Tyr.

— Tu as raison, admit-il, surpris. J'imagine que je devrais m'estimer heureux d'être encore en vie. Tant de mes frères sont morts ces dernières années... Comment pourrais-je me plaindre ?

Les années passées avaient été dévastatrices pour le clergé de Phlan : les effroyables conséquences du vol de la relique. Le Marteau avait été la clef du pouvoir clérical. L'aura protectrice du temple de Tyr s'était inexorablement affaiblie. Les prêtres se mouraient. L'an passé, Tarl avait failli être emporté. Seules son endurance et sa foi l'avaient sauvé. Mais il avait perdu la vue... Le jour où les dernières défenses du temple tomberaient, le clergé tout entier serait anéanti par les forces du Mal.

A moins de retrouver le Marteau de Tyr...

— N'oublie jamais, mon époux, reprit Shal à voix

basse, que tu es resté le même homme. Tu n'as pas changé.

Tâtonnant, il lui saisit le visage et lui donna un long baiser.

— Qu'ai-je fait de bien dans ma vie pour te mériter, ma chérie ?

— Oh, répondit-elle, mutine, une chose ou deux, je dirais...

*
* *

Kern se traîna hors de son lit.

— Que feras-tu le jour où tu affronteras de *vrais* monstres, Kern ?

Le jeune homme foudroya Listle du regard. Une nuit de repos l'avait *presque* remis d'aplomb. Mais les élancements, dans sa poitrine, lui donnaient l'impression d'avoir été étreint par un ours sauvage.

— Au fait, ta mère désirerait te voir.

— A quel propos ?

— Comment le saurais-je ? répondit l'elfe, pouffant de rire.

— C'est drôle, grommela Kern, en terminant de s'habiller. J'ai toujours pensé que les elfes étaient des êtres distingués, raffinés et *courtois*.

— Eh bien, la réflexion n'a jamais été ton point fort, répliqua Listle.

Furieux, il se rendit dans les appartements de sa mère. L'invitation l'intriguait quelque peu ; seule Listle était autorisée à pénétrer dans le laboratoire. Sans doute Shal voulait-elle lui parler de ses cauchemars.

A chaque fois, le rêve avait duré un peu plus longtemps que la veille, le monstre acquérant davantage de netteté. La vision de la nuit dernière s'estompait déjà. Il se souvenait d'une nef et d'une terrible créature. Celle-ci l'avait appelé d'un nom curieux... Lequel ?

Il avait le sentiment que ses parents ne lui disaient pas tout. Cherchaient-ils à le protéger ?

Il soupira. Etre l'unique rejeton du couple le plus célèbre de Phlan n'avait rien de facile. Comment pourrait-il faire honneur à pareils héros ?

— Te voilà, l'accueillit sa mère.

La pièce circulaire où Shal étudiait et pratiquait les arts occultes avait autrefois appartenu au mage Denlor, l'ami de son défunt mentor. L'endroit était perpétuellement sens dessus dessous. Les étagères disparaissaient presque sous leurs fardeaux de tomes aux reliures de cuir et de fioles scellées par des glyphes magiques. Les tables étaient jonchées de parchemins, de plumes d'oie et d'encriers de cristal contenant de l'encre sympathique. Des bouquets d'herbes séchées répandaient une douce senteur.

— Assieds-toi.

— Qu'est-ce que c'est ?

Elle approchait, un cristal inconnu en main. Mal à l'aise, le jeune homme revit les hordes de pillards orcs que sa mère avait fait disparaître dans des torrents de flammes. Il était judicieux de ne pas se trouver du mauvais côté quand elle psalmodiait ses incantations...

— Il s'agit d'une épreuve. Je veux découvrir pourquoi l'intervention de ton père a échoué. Tiens-toi tranquille.

Le globe se nimba d'une auréole écarlate qui s'allongea pour atteindre un vieux grimoire. Shal hocha la tête, et dirigea la lueur sur son fils. Aussitôt que celle-ci toucha sa poitrine, elle s'évanouit brutalement. Le cristal noircit et tomba en poussière.

Sourcils levés, l'enchanteresse lança un regard

pensif à son fils.

— Qu'est-ce qu'il y a ?

— Je m'en doutais un peu... Pourquoi crois-tu que j'ai toujours tenu à ce que tu ne t'approches pas de mon étude quand j'usais de magie ? Voilà qui confirme mes soupçons, dit-elle, secouant la poussière grise de ses mains.

— Qui confirme *quoi* ? s'écria-t-il, désespéré.

— Tu es *anti-magique*, Kern... C'est ma faute, je le reconnais. J'ai lancé des sorts très puissants quand j'étais enceinte de toi. Je n'avais pas le choix. C'était pour sauver ton père et la cité de Phlan. Il semble que cela t'ait affecté. Quant à savoir si les effets sont permanents, ou identiques d'un jour sur l'autre...

— Affecté dans quel sens ?

— La magie n'a aucun effet sur toi, Kern. Cela n'est peut-être pas mauvais, après tout. Le phénomène te confère une immunité enviable contre les mauvais sorts. En contrepartie, tu es également réfractaire aux sorts de guérison comme celui qu'a tenté ton père après ce curieux cauchemar.

— N'est-il pas possible d'y remédier ?

— Nous pourrions t'apprendre à baisser tes défenses naturelles, sourit-elle. Sans résoudre le problème, ce serait une solution intermédiaire.

Listle jaillit dans une gerbe d'étincelles argent.

— C'était trop important pour attendre, sourit-elle tout excitée.

— Que se passe-t-il ? demanda Kern.

— Les prêtres de Tyr ! Ils viennent de résoudre l'énigme de Baine ! (Exaspérée par l'air interrogateur de Kern, elle s'exclama :) Tu ne comprends donc pas, espèce de balourd à la cervelle d'ogre ? Ils ont découvert où était caché le Marteau de Tyr !

CHAPITRE II

RÉPONSE À UNE ÉNIGME

Alourdi par son armure, Kern descendit l'escalier principal de la tour. Etant aspirant au titre de paladin, la tradition exigeait qu'il se présente au temple de Tyr vêtu de son armure d'apparat. Cela impliquait une épaisse cotte de mailles, un plastron d'acier et des jambières assorties. Par-dessus, il portait un tabard d'un blanc immaculé, symbole des candidats à l'Ordre des Paladins ; son fidèle marteau de guerre pendait à sa ceinture.

Ses parents l'attendaient au rez-de-chaussée.

— Cela fait vingt-deux ans que les sages essayaient de résoudre l'énigme, l'accueillit Tarl, enthousiaste. Partages-tu ma curiosité, mon fils ?

— Je suis prêt, père.

— Moi aussi, dit une voix cristalline derrière lui.

Kern se tourna à temps pour voir l'elfe traverser un mur ; son rubis étincelait.

— Es-tu obligée de faire ça ? grogna-t-il, le front plissé.

— Faire quoi, Kern ? demanda-t-elle

innocemment.

Elle avait la manie déconcertante d'apparaître au moment où on l'attendait le moins, en traversant les murs et autres obstacles. Cette capacité extraordinaire intriguait Shal, et irritait Kern. Il s'apprêta à sortir.

— Attention, prévint Shal. Les rues ne sont plus aussi sûres qu'avant.

Tous trois promirent d'être sur leurs gardes, et s'éclipsèrent.

Si la tour de Denlor était sise au nord de la cité, le temple de Tyr se dressait en plein centre. C'était un jour gris d'automne ; l'hiver arrivait à grands pas. La plage s'était couverte d'une fine pellicule de glace.

D'une main ferme, Kern guidait son père aveugle. Listle ouvrait la marche de son allure primesautière caractéristique. Ils s'engouffrèrent dans un passage, laissant derrière eux la vision rassurante de leur demeure. Ces dernières années, Phlan avait connu un déclin inexorable ; chacun savait que le mystérieux malaise dont souffrait la cité était lié à la disparition du Marteau divin. Aussi sûrement que mouraient les prêtres de Tyr, périclitait la ville, rue après rue, citoyen après citoyen.

Dans les souvenirs d'enfance du jeune homme, des avenues bordées d'arbres, des cottages douillets et de belles places pavées serpentaient autour de fontaines d'eau pure. Quel contraste avec le triste spectacle qu'offrait la ville sinistrée... Une eau putride suintait dans les sombres ruelles aux pavés fendillés, les avenues disparaissaient sous les détritus et la crasse. De la boue nauséabonde giclait sous les sabots des chevaux.

Les branches des arbres morts se recroquevillaient comme des mains défuntes. Les cheminées de briques crachaient des nuages de soufre qui striaient le ciel de traînées d'un gris à glacer les sangs. Désormais, la pluie avait la couleur de la cendre.

En bordure des routes, les logis étaient des plus minables. Des femmes au visage fermé déversaient leurs détritus des balcons, sans se soucier des passants. Des hommes au regard de fouine, aux habits maculés de boue, se regroupaient sous les porches d'édifices abandonnés. Ils dévoilaient parfois leurs dents jaunies à cause de sourires qui n'avaient rien d'amical.

— Dis-moi la vérité, Kern, demanda son père. Comment est la ville ?

Sur son honneur, le jeune homme était incapable de mentir. Pourtant, il savait ce que Phlan représentait pour Tarl.

— De pire en pire, dit-il tristement. Avec la pénombre et la crasse, on se croirait à minuit plutôt qu'à midi.

Kern fit un détour pour éviter un tas de saletés, avant de s'apercevoir que c'était en réalité le cadavre d'un homme poignardé, à demi rongé par les rats. Il fit une rapide prière à Tyr pour le salut de son âme, soulagé que son père ne puisse pas le voir.

— Nous vivons des temps troublés, remarqua Tarl. Je suis navré que tu aies vécu ici ces dernières années, Kern. Navré aussi que tu soies avec nous en des périodes si noires, Listle Onopordum. Spolié du Marteau, le temple de Tyr a perdu sa puissance. A brève échéance, Phlan est condamnée...

Ils croisèrent un groupe de mendiants vêtus de haillons à l'odeur rance. Kern mit la main à sa bourse et distribua le peu d'argent qu'il avait. Les pauvres hères poursuivirent leur chemin sans un mot de remerciement. Une odeur putride plana dans leur sillage.

— Pourquoi les habitants ne se battent-ils pas pour reconquérir leur cité ? demanda Listle, dégoûtée. Jadis, Phlan se targuait de compter les guerriers les plus redoutables de Féérune ! L'histoire de la cité regorge de combats victorieux contre des armées de monstres ! Pas une seule fois la ville n'a été vaincue. On croirait maintenant que les Portes de la Mort sont sur le point de tomber toutes seules. La prochaine horde d'orcs n'aura qu'à souffler dessus !

— On ne peut pas condamner ces gens, Listle, dit Tarl. L'influence de la magie noire se fait partout sentir. Elle pèse sur mon cœur... Sans le Marteau, nos frères n'ont plus la faculté de repousser le Mal. Il ne faut pas désespérer : un petit nombre d'entre nous cherche toujours la lumière et la bénédiction de Tyr. Espérons que le patriarche Anton et les autres n'aient pas résolu l'énigme trop tard. Retrouver le Marteau peut encore sauver la cité.

« Au fait, Kern, fais-moi penser à mentionner à Anton ton allergie à la magie. Je comprends maintenant pourquoi je n'ai jamais *senti* ta présence, même après avoir placé un sort sur ton armure. »

Malgré sa cécité, Tarl avait la curieuse faculté de « voir » la magie. Son talent s'était progressivement développé au fil des années. Au début, il discernait simplement une faible lueur quand Shal lançait un sort. Puis il avait vu des auras magiques sous forme de nuages lumineux. A présent, son don lui permettait de détecter toutes les énergies occultes, et de les indentifier.

Kern se rendit compte à cet instant qu'il resterait « invisible » pour son père. L'idée l'attrista.

— Listle, continua le prêtre, irradie une telle luminosité argent qu'elle m'« aveuglerait » parfois. La teinte en est ravissante, je dois dire.

— Merci, Tarl, répondit l'elfe, enjouée. C'est le plus joli compliment qu'on m'ait fait.

Ils arrivèrent en vue du temple de Tyr. Il avait plusieurs décennies d'existence ; on l'avait bâti à une époque où les ruines de la ville étaient infestées d'une multitude de monstres. L'édifice récent avait été le phare de la reconquête, et à ce titre, autant une forteresse qu'un lieu liturgique. Les murailles percées de meurtrières étaient dotées de mâchicoulis par où déverser quantité de pluies mortelles sur l'ennemi. Le temple consistait en un unique bloc : un carré de pierre noire surmonté d'un dôme de bronze.

Soudain, quatre hommes en haillons jaillirent d'une ruelle adjacente, titubant, et riant à gorge déployée comme à une plaisanterie obscène. Ils s'interposèrent entre le temple et Kern. Leurs rires moururent d'un coup, ainsi que leur ivresse simulée. En un clin d'œil, ils redevinrent parfaitement sobres. Et ils étaient bien armés.

Un grand borgne pointa une épée rouillée sur Kern :

— Donne-nous ton or, mon garçon, et peut-être que tes compagnons et toi garderez vos têtes sur les épaules.

Marteau au poing, le paladin en herbe se précipita devant l'elfe pour la protéger,

— Kern, souffla-t-elle entre ses dents, agacée, tu es un preux chevalier, mais comment veux-tu que je lance un sort si tu me bloques la vue ?

— Regardez-moi ça, railla un des agresseurs, le jeune chiot en armure a un marteau de guerre ! Peut-être aimerait-il qu'on cloue son cercueil avec !

Kern leva le bras, invoquant l'aide de Tyr. Quatre contre un, voilà qui augurait mal de l'affrontement. Mais il devait protéger Listle et son père.

Tarl le devança :

— Pourquoi ne pas commencer par moi, brute ? railla-t-il. Etant aveugle, je ne devrais pas te poser trop de problèmes.

Le chef des coupe-jarrets éclata de rire :

— Comme tu voudras, vieil homme.

Avec une rapidité impensable, Tarl lui agrippa le poignet droit et le lui tordit ; l'épée rouillée chuta sur les pavés. Une torsion brutale entraîna un claquement sec ; l'homme poussa un cri de douleur, le bras cassé.

— Au suivant, dit Tarl, un grand sourire aux lèvres.

Les trois autres se bousculèrent dans leur hâte de tourner les talons.

— Attendez-moi ! s'écria le chef, qui se précipita à leur suite.

— « Vieil homme », hein ? railla Tarl. Je n'ai pas besoin d'yeux contre des rustres pareils ; mon odorat suffit. Celui-là n'a jamais entendu l'adage selon lequel « propreté vaut sainteté ».

Kern lança un regard admiratif à son père. Aveugle ou non, Tarl n'était pas un homme à traiter à la légère.

Ils parvinrent aux portes du temple sans autre incident. Deux prêtres armés les laissèrent passer. Ils traversèrent une grande cour pavée.

Des colonnes de marbre supportaient une façade aux multiples frises représentant Tyr, le visage sombre. Le dieu manchot dispensait la justice aux suppliants agenouillés devant lui. Les requêtes des uns étaient récompensées par des trésors ; aux autres, il répondait par la foudre divine.

— Tyr n'est pas un plaisantin, pas vrai ? fit remarquer Listle.

— C'est le dieu de la Justice, répondit Kern, agacé. Ce n'est pas un « bonhomme sympathique » aux poches remplies de friandises.

— Peut-être pas. Mais il se trouve que j'aime les bonbons.

Sous le dôme de bronze doré se nichait un hall de pierre grise. Une mosaïque, sur le sol, représentait le symbole du dieu : des plateaux en équilibre sur un marteau de guerre afin de peser les arguments de ceux qui cherchent la rédemption.

— Tarl ! dit une voix grave.

Un prêtre solidement charpenté, à la robe blanche traditionnelle et à la barbe grisonnante, arrivait à leur rencontre :

— Je suis heureux de te voir en un tel jour, frère ! Toi aussi, Kern. Je suis sûr que tu voudras...

— N'oublies-tu personne, patriarche Anton ? l'interrompit Listle.

D'abord contrarié, il se laissa adoucir par l'air mutin et les adorables fossettes de l'elfe ; il éclata de rire.

— Oui, Listle Onopordum, tu es la bienvenue toi aussi. D'ailleurs je doute qu'on puisse te tenir à l'écart si tu ne l'étais pas... !

— Probablement pas, décida-t-elle.

Le patriarche les fit asseoir à une grande table d'acajou où étaient réunis les prêtres du temple, une trentaine de survivants. Cinq ans plus tôt, soixante prêtres et une dizaine de jeune gens se pressaient autour de la même table.

Au centre, sur des coussins de velours noir, reposait un livre de dimensions démesurées. Kern l'avait déjà vu à plusieurs reprises. Il était relié en peau de bête. Ses pages jaunies et craquelées contenaient treize antiques et terribles prophéties, écrites un millénaire plus tôt de la main du dieu Baine en personne. Il y prédisait, avec un grand luxe de détail, les souffrances et la misère qui s'abattraient sur Féérune. Kern avait maintes fois entendu conter l'histoire des *Oracles du Conflit*.

Selon la légende, le dieu Baine avait voulu savoir un jour combien de territoires tomberaient entre ses griffes. Il était allé trouver sa sœur, la déesse Shar, maîtresse des Ténèbres. Elle avait concocté une mixture puisée dans la texture même de minuit. Minuit, l'instant précis qui sépare un jour du suivant, où la magie est la plus forte, le futur plus aisément déchiffrable...

Le dieu des Conflits avait bu la potion et sombré dans le délire. Dans cet état d'inspiration démente, il avait écrit les treize prophéties.

Le livre avait disparu de la surface du monde. Trois cents ans plus tôt, un prêtre itinérant l'avait découvert dans les ruines d'un temple de Baine, à l'ouest de la Mer de Lune. Pour finir, l'ouvrage sacré avait été confié au temple de Phlan. Les prêtres d'alors l'avait entouré de protections magiques pour le préserver des mains avides.

Au siècle précédent, l'objet diabolique avait presque sombré dans l'oubli. Mais après le vol du Marteau de Tyr, on s'était souvenu du tome divin. Dans ses pages jaunies, les sages avaient découvert la prédiction du vol et le secret de sa cachette. Des années de patientes études venaient-elles de porter leurs fruits ?

— Nous nous sommes rendu compte récemment d'un fait : les prophéties de cet ouvrage ne sont pas toutes du goût du dieu de la Dissension, dit Anton. A toi la parole, sœur Sendara.

Sendara était l'augure de la confrérie.

— La clef se trouve dans le Temps des Conflits. Il y a treize ans que la grande conflagration a secoué Féérune. Baine fut détruit, ainsi que ses sinistres frères, Myrkul et Bhaal. J'ai des raisons de croire que Baine avait prévu sa fin... Dans l'état de transe profonde où il se trouvait, il n'a sans doute pas pu s'empêcher de *voir* ses défaites autant que ses triomphes. La dernière page du livre est presque illisible. Il semble que le dieu l'ait rageusement rayée quand il est revenu à lui. Il était très fier de ses rimes, alors qu'il était en réalité un abominable poète...

(La vieille femme sourit.) D'après le peu que je suis parvenue à déchiffrer, ce passage parlait de son propre anéantissement. D'où sa colère...

Frère Dameron, un jeune prêtre au visage rond et à la panse rebondie, prit la parole :

— L'intuition de sœur Sendara m'a donné une idée. Si Baine a voulu détruire une prophétie qui lui déplaisait, pourquoi ne l'aurait-il pas fait pour d'autres ? Il a pu changer les détails qui l'indisposaient. Afin de mettre mon hypothèse à l'épreuve, j'ai procédé à une expérience sur la prophétie concernant le vol du Marteau.

Dameron ouvrit l'imposant ouvrage à une page marquée par un ruban noir. Kern remarqua des symboles sacrés en argent aux quatre coins de la table, disposés là pour protéger les lecteurs du Mal que renfermait le livre.

— Si vous regardez attentivement ces lignes, continua l'orateur, vous distinguez une série de fines éraflures, accompagnées de minuscules taches d'encre. C'est si ténu que nous ne l'avons pas remarqué de prime abord. Maintenant, il n'y a plus le moindre doute... Plusieurs lignes ont été grattées avec du sable fin par le dieu lui-même, qui ne voulait pas révéler au monde certaines choses.

— La cachette du Marteau de Tyr ?

— Exactement.

— Mais si Baine les a effacées il y a mille ans, comment utiliser ces lignes aujourd'hui ? demanda Kern sans réfléchir.

— Je crois que frère Dameron a trouvé la solution, mon jeune et impatient paladin, répondit Anton avec une note d'amusement. Si, bien sûr, tu nous fais la grâce de le laisser terminer...

— Evidemment..., répondit le jeune homme, mortifié.

— Merci, reprit Dameron.

Il prit une fiole qu'il ouvrit, et aspergea la page en question d'une fine poudre incolore. Lentement, une lueur apparut ; des circonvolutions et des spirales se formèrent... Une douzaine de lignes composées de runes prirent forme...

— Baine a fait disparaître la véritable fin de la prédiction, expliqua Dameron. Mais comme vous le dira n'importe quel apprenti, des traces d'encre restent *toujours* sur le papier, aussi fort qu'on frotte. Nous voilà maintenant en mesure de lire partiellement une prophétie dont nous ignorions l'existence.

— Je peux la lire aussi ! s'exclama Tarl.

Kern fut saisi de stupeur, avant de comprendre... Son père *voyait* la magie.

— La langue est archaïque, continua Tarl, sourcils froncés. Et tu as raison, Sendara, ce sont là de piètres rimes. Mais je crois pouvoir traduire :

Quand vient l'hiver au temps où la magie s'embrase
Pour le haut paladin vient l'heure de rejoindre
Une tour crevassée de magie écarlate
Qui enchaîna dans ses tréfonds une cité entière.
Quatre héros prendront le départ avec lui
Quatre héros pas un de plus pas un de moins
Pour affronter le Gardien embusqué
Et la relique issue du fond des âges
Sur eux peut-être va tomber le crépuscule
Pourtant leur quête s'ouvre à peine
Car le Gardien de la Fontaine de Pénombre
Les attendra encore et à jamais.

— Il y a une allusion à la tour rouge de Marcus, n'est-ce pas ? s'écria Kern.

— C'est notre conclusion, répondit Anton, pensif. Qui plus est, cette année, selon le calendrier des rois de Cormyr, est celle de la Magie Déchaînée. La prophétie est claire : si nous voulons retrouver le Marteau sacré, ce sera maintenant ou jamais.

Tarl se redressa de toute sa taille :

— Puis-je en ce cas rappeler à mes frères et sœurs réunis ici le présage de Miltiades, le paladin de Tyr, noble entre les nobles ?

Des murmures d'assentiment parcoururent l'assemblée. Kern ignorait à quoi son père faisait allusion.

— Qui doit être le paladin ? psalmodia le patriarche Anton selon le rituel.

— Son nom est Kern Miltiades Desanea !

Listle ouvrit de grands yeux couleur argent.

Tarl adressa un fier sourire à son fils.

Kern resta bouche bée.

— Qui ? s'étrangla-t-il d'une petite voix. Moi ?

CHAPITRE III

DE MYSTÉRIEUX ENNEMIS

L'immense tueur surnommé Ravageur déambulait dans le hall souterrain enfumé. Il scrutait la foule de son regard cruel, les lèvres ourlées d'un sourire carnassier. Depuis le dernier des coupe-jarrets jusqu'au plus raffiné des meurtriers, les assassins de la guilde de Phlan avaient répondu « présent ». Plus de trois cents hommes et femmes se tenaient à ses ordres. Les prêtres gâteux du temple vivaient leurs derniers instants...

— J'ai un présent pour vous, voleurs de Phlan ! commença Ravageur. De la part du chef de la guilde, Sirana elle-même. Je vous conseille de ne pas refuser.

A son signal, un trio de voleurs se précipita pour dévoiler des armures d'ébène et de longues épées noires comme de l'onyx.

— Avec ces armes, nous écraserons les prêtres et nous nous emparerons du volume qui nous conduira au Marteau de Tyr et aux trésors dissimulés par Baine. Revêtez ces armures et prenez ces épées, voleurs de Phlan. Je vous promets que vous allez vous battre comme jamais !

Ils hésitèrent ; Ravageur n'était le bras droit de Sirana que depuis trois lunes et beaucoup s'en méfiaient encore.

— *Maintenant* ! tonna-t-il, se dressant de toute sa taille, son regard de braise étincelant.

Les hommes se pressèrent pour obéir, empoignant des plastrons lisses comme des carapaces de scarabées, et des épées luisantes comme des vipères. Ils les retournèrent sans trop savoir comment s'en servir ; ceux de leur caste étaient des êtres rusés et discrets, autant par nécessité que par nature, pas des guerriers.

— Nous sommes des coupe-jarrets, Ravageur, pas des soldats, fit une voix dans le brouhaha. Ou l'auriez-vous oublié, toi et ton ignoble maîtresse, comme vous avez oublié tant d'autres de nos coutumes ?

L'homme noueux et borgne, le crâne rasé, s'appelait Kankorlin. Il avait été fidèle à Bercan, l'ancien chef de la guilde que Sirana avait assassiné trois mois plus tôt. Kankorlin venait de trouver le courage d'exprimer ses sentiments à haute voix.

— Je refuse de porter cette ferraille. Nous allons faire de belles cibles, une fois au temple de Tyr !

Des murmures d'assentiment montèrent de l'assemblée.

— C'est ainsi, Kankorlin ? répondit Ravageur d'une voix mielleuse. Si cela ne te plaît pas, rien ne t'oblige à revêtir l'armure.

Kankorlin sourit de cette victoire facile. Mais son triomphe fut de courte durée.

D'un mouvement nonchalant de son gantelet noir, Ravageur lui décocha une boule de feu qui le percuta en pleine poitrine. La violence du choc le plaqua contre un mur ; une odeur de chair brûlée se répandit dans l'air. Horrifiés, les autres contemplèrent les restes calcinés de leur collègue.

— Qui d'autre refuse de porter l'armure ?

Trois cents voleurs, moins un, se précipitèrent pour ajuster leur plastron d'onyx.

D'un geste théâtral, Ravageur prit le sien entre les mains ; de violents crépitements le parcoururent ; l'armure épousa son corps comme une seconde peau.

Les bandits remarquèrent la consistance graisseuse du métal ; une fois armés de pied en cap, ils subirent une subtile altération qui développa leur musculature. Les visages s'épaissirent, des lueurs menaçantes brillèrent au fond des yeux. Ravageur fut satisfait ; Sirana n'avait pas menti.

Un souffle d'air glacé balaya les lieux, les flammes diminuèrent : les séides de sa maîtresse approchaient. Elle devait avoir terminé ses incantations.

Le hall fut plongé dans l'obscurité. Alors apparurent neuf paires d'yeux rouges qui scrutèrent les voleurs armés.

Une lueur verdâtre révéla des démons comme les brigands n'en avaient jamais imaginés : des spinagons aux pieds griffus déambulaient avec une étrange grâce reptilienne. Les bêtes arboraient chacune une hallebarde crépitante d'énergie. Dix minutes plus tôt, les voleurs se seraient enfuis à leur vue. Mais les armures ensorcelées avaient endurci leur cœur autant que leur corps.

— Nous avons été appelés de notre plan d'existence, soufflèrent les démons d'un autre monde. Qui devons-nous tuer ?

— *Qui* je vous dirai ! cracha Ravageur.

Le regard étincelant de haine, les spinagons inclinèrent la tête à l'unisson. Ils n'avaient pas le choix. Sirana les contrôlait.

— Les prêtres de Tyr doivent mourir ! s'écria Ravageur. Il faut s'emparer du livre qui nous indiquera où est caché le Marteau de Tyr. Notre récompense sera fabuleuse. (L'homme colossal brandit un poing massif.) Etes-vous avec moi, voleurs de Phlan ?

Comme un seul, les bandits levèrent leurs épées noires, le regard luisant d'une férocité bestiale.

*
* *

Anton et Tarl aidèrent le jeune paladin à s'asseoir sur un banc de marbre. Près d'eux, Listle était mi-amusée, mi-inquiète.

— Je suis désolé que tu aies appris la vérité de cette façon, mon garçon, dit Tarl, lui agrippant l'épaule. Shal et moi voulions te la dire l'an prochain.

— L'époque troublée que nous vivons va contraindre ton fils à vieillir plus vite que tu ne l'aurais souhaité, Tarl, dit Anton. (La mine sombre, il s'agenouilla près du jeune homme.) Je ne te mentirai pas, Kern : chercher le Marteau de Tyr sera une quête semée d'embûches. Si tu acceptes ton destin, il se peut fort bien que tu ne reviennes pas. Jamais encore un aspirant paladin ne s'était vu confier une si lourde tâche. Mais Tyr lui-même t'a élu, fiston.

Comme celui d'un moineau affolé, le cœur du jeune homme battait la chamade. *Pourquoi lui ?*

— Kern Desanea, reprit le patriarche en se levant, acceptes-tu le titre de Champion de la Quête pour le Marteau de Tyr ?

Pâle, Kern hocha la tête. Un an plus tôt, il avait fait serment de servir son dieu de son mieux. A présent, Tyr lui donnait une chance de sauver Phlan.

— Je ferai tout ce qui est mon pouvoir, patriarche Anton, répondit-il.

L'unique paladin survivant approcha ; c'était un

bel homme au regard bleu acier.

— Patriarche Anton, nous nous inclinons devant ta sagesse. Cependant...

— Cependant *quoi*, Rialad ?

Guerrier chevronné, l'homme était d'une loyauté à toute épreuve, mais non dépourvu d'un léger complexe de supériorité. Il aimait remettre l'autorité d'Anton en question.

— La prophétie de Baine est claire. Quelqu'un doit se mettre en route.

— Pas *quelqu'un*, rectifia Tarl. Le seul...

— Oui, je sais, reprit gracieusement Rialad. Je suis le dernier paladin du temple, et donc le candidat logique. Sois certain que je choisirai quatre de nos meilleurs guerriers pour m'accompagner, selon les termes de la prédiction. Aucun ennemi n'osera se mesurer à nous. Le Marteau nous reviendra !

Listle devança les protestations d'Anton et de Tarl :

— Mais tu ne peux ignorer le présage divin ! Kern est *destiné* à devenir le Champion !

Rialad eut un sourire indulgent, passant un bras protecteur autour des épaules du jeune homme :

— Kern est un brave garçon. J'ai la plus grande foi en ses capacités. Mais assurément, Miltiades n'a pas pu vouloir qu'un adolescent entreprenne une mission aussi périlleuse, le sort de Phlan étant dans la balance.

— Nous n'oserons pas rejeter la prophétie de Miltiades ! rétorqua Tarl avec colère.

— Alors tu enverrais un chiot dans la gueule du loup ? (Le paladin s'adressa à Kern :) Tu comprends, n'est-ce pas, aspirant ? Il nous faut placer le bien de notre ordre au-dessus de nos ambitions. C'est ta première leçon. Tu te rends compte, j'espère, de l'absurdité qu'il y aurait à t'envoyer chercher le Marteau ? Ma force et mon expérience sont tellement supérieures aux tiennes !

Dérouté, Kern hocha la tête. Rialad n'avait pas tort. Kern sentit un *oui* sur le bout de la langue.

Il n'eut jamais l'occasion de le dire.

Les pierres enchantées du portique éclatèrent en un chant d'avertissement :

— Attention ! L'ennemi approche ! Tenez-vous prêts, prêtres de Tyr !

— Fermez les portes ! tonna Anton.

Quatre frères exécutèrent l'ordre. Jamais, de l'histoire du temple, les portes n'avaient été enfoncées ; sous les vantaux de bois aux riches sculptures se trouvaient des plaques d'acier.

Sous leurs manières affables, les prêtres aussi étaient endurcis : ils portaient en permanence des cottes de mailles sous leur tunique grise.

Kern monta quatre à quatre l'escalier du chemin de ronde, au-dessus des portes de l'enceinte. Listle le talonnait. On préparait déjà de grosses pierres et des chaudrons de poix.

Du haut des remparts, ils virent une horde d'hommes vêtus d'armures d'ébène qui serpentaient à travers les rues comme un long reptile.

— Que Tyr nous accorde sa protection ! clama Anton.

Son cri de guerre fut repris en chœur. Un éclat bleuté se matérialisa devant les portes barricadées. Les protections sacrées entraient en action.

Listle fouilla les multiples bourses suspendues à sa ceinture, préparant les composants nécessaires à ses sorts. Kern soupesait son marteau. De son point d'observation, il assistait à l'ensemble des manœuvres de défense. La moitié des effectifs du temple se tenaient prêts à jeter pierres et huile bouillante sur les agresseurs. Les autres s'étaient massés dans la cour, disposés à lutter au corps à corps dans le cas d'une percée ennemie. Les plus anciens, au nombre desquels Tarl, s'étaient regroupés dans le hall du temple. Ils invoquaient des sorts de protection, au cas où les défenseurs seraient forcés de venir se réfugier près d'eux.

Sœur Briatha, que Kern connaissait, vint lui toucher le front, et lui murmurer une courte prière à l'oreille. Une vague de chaleur se diffusa dans ses membres ; la flamme du courage s'alluma dans sa poitrine. Briatha passa ensuite à l'elfe, puis rejoignit ses confrères.

— Pourquoi est-ce que je dégage une lumière bleue ? demanda Listle, étonnée.

— C'est un sort de protection, expliqua Kern. Sois-en heureuse. Tyr en personne veille sur nous aujourd'hui.

— Vraiment ? Je sais encore m'occuper de moi, répondit-elle avec hauteur. Le bleu n'est pas ma couleur favorite !

Elle prit une pincée de poudre et s'en aspergea. A sa grande satisfaction, une lumière argentée cascada sur ses épaules.

Soudain, l'armée adverse fut au pied des remparts.

— Lâchez les rocs ! cria Anton, sentant les premiers tentacules de magie noire sonder les lieux.

Malgré un lever de boucliers, une vingtaine d'ennemis furent écrasés.

Une imposante silhouette se détacha de la masse ; sur elle les rocs n'eurent aucun effet. Ils viraient à l'écarlate et s'évaporaient en fine poussière après s'être heurtés à quelque barrière invisible.

— Entendez ma voix, avortons de Tyr ! tonna l'inconnu. J'ai pour nom Ravageur, et je suis votre destin ! Epargnez-vous une mort atroce : remettez-moi le tome appelé l'*Oracle des Conflits*, et je vous promets une fin rapide... Votre réponse, prêtres de Tyr ?

— La voici ! s'écria frère Edmorel.

A son signal, la poix enflammée s'abattit comme un torrent sur les attaquants. Une douzaine brûlèrent vifs ; le liquide rebondit comme de l'eau sur la cuirasse de Ravageur.

— Qu'il en soit ainsi ! déclara le colosse.

Levant la main, il décocha une boule de feu verte sur frère Edmorel, dont le cri de souffrance mourut brutalement ; une substance verdâtre fut vite tout ce qui resta du malheureux, dissous sous les yeux de ses compagnons.

Ravageur psalmodia un sort de terreur. Une énergie d'une terrible noirceur virevolta autour de lui, avant de se transformer en un énorme bélier couronné d'une tête d'ogre. Le bois des portes craqua sous l'assaut. Mais l'acier résista et les protections magiques tinrent bon. D'un geste du poignet, Ravageur renvoya au néant dimensionnel le bélier inutile.

— Il y a quelque chose d'étrange chez cet homme, observa Listle. J'ai une idée.

Avant que Kern puisse réagir, elle se redressa pour lancer sur le chef une minuscule sphère d'argent.

La boule magique heurta l'armure noire et se brisa comme du verre. Ravageur s'écarta d'un pas, surpris, avant de sourire diaboliquement.

— Ça n'a pas marché, Listle, dit Kern.

— Ah non ?

Des filaments magiques s'enroulèrent autour de l'ennemi ; son visage se tordit, se fendilla. Sa peau parut se dissoudre en flaques nauséabondes, dévoilant des rangées d'écailles. Des ailes noires se déployèrent sur son dos. Des griffes incurvées apparurent à ses doigts. Un cri de fureur éclata d'une gueule aux dents aiguisées comme des lames de couteaux. Listle venait de percer à jour le *véritable* Ravageur.

— Un démon ! hurla quelqu'un. C'est un abishai !

Une vague de panique frappa les prêtres. Ce

n'était pas un adversaire commun. Seuls de puissants sorciers pouvaient faire appel à de telles bêtes et les garder sous leur coupe. La bataille allait être rude.

Neuf créatures s'abattirent des cieux.

Les fidèles de Tyr coururent se réfugier à l'abri des monstres qui piquaient sur eux. Les spinagons plantèrent leurs griffes dans le mur comme s'il s'agissait de boue et non de pierre solide. Ailes battantes, ils s'arc-boutèrent ; les blocs ensorcelés cédèrent lentement sous la pression. Les démons écartèrent les pierres. Puis ils se faufilèrent pour parachever leur œuvre.

L'impensable était arrivé : l'ennemi avait percé une brèche !

Des remparts, les prêtres guerriers coururent dans la cour pour aider leurs frères à repousser l'ennemi qui s'infiltrait par les neuf trous. Heureusement, les galeries improvisées étaient trop étroites pour livrer passage à plus d'un homme à la fois. Même solidement armés, les envahisseurs avaient quelque chose de pataud ; leurs attaques étaient furtives et molles, et gauche leur maniement de l'épée.

Cependant, le flot d'intrus ne tarissait pas. Ils furent de plus en plus nombreux à éviter les coups des prêtres. La cour disparut bientôt sous une furieuse mêlée. Kern se battit désespérément. En proie à un étrange mélange de terreur et d'exubérance, il sentait son cœur cogner dans sa poitrine ; c'était sa première bataille. Même s'il n'était pas un véritable paladin comme Rialad, il se défendait bien.

Anton et ses frères entonnèrent un chant de guerre. Ranimant la flamme sacrée, la mélopée avait aussi pour but de synchroniser les contre-attaques.

Parvenus à une phrase-clef du chant, tous firent tournoyer leurs armes deux fois plus vite et plus fort. L'ennemi fut pris par surprise. Ceux qui ne furent pas piétinés furent refoulés par les prêtres.

Le démon passa la brèche.

Première à réagir, Listle invoqua un immense dragon argenté qui ouvrit grand ses ailes et s'abattit sur Ravageur. Les guerriers d'onyx crièrent de terreur, mais le démon écarta la menace d'un geste de la main. La bête fut réduite en lambeaux. L'illusion n'avait pas abusé un instant le démon.

Un groupe de prêtres tenta de se frayer un passage jusqu'à Ravageur, mais une phalange de bretteurs leur barra le chemin. Ecartant des ailes couleur sable, le démon cracha un chapelet de paroles mystérieuses. Une lueur écarlate couronna les guerriers avant que chacun replonge dans la mêlée avec une férocité accrue. Les prêtres leur opposèrent une farouche résistance, mais ils faiblirent peu à peu. Lentement mais sûrement, les guerriers de la nuit repoussaient les fidèles de Tyr.

Une fois tous les effectifs à l'intérieur de l'enceinte, les spinagons se libérèrent et se joignirent à la bataille. Deux d'entre eux se dirigèrent vers Kern.

— Ils veulent capturer le Champion ! cria quelqu'un.

Les démons traînaient un filet lesté de plomb. Kern s'éloigna pour ne pas être pris au piège.

Soudain, les bêtes s'immobilisèrent, stupéfaites. Leur proie en fit autant. Une demi-douzaine de Kern venaient de se matérialiser dans la cour... ! Quand les démons optèrent pour l'un d'eux, il s'évanouit en ronds de fumée.

Kern ne perdit pas de temps.

— Eparpillez-vous ! hurla-t-il à ses images-miroirs.

Il plongea dans la mêlée, imité de cinq de ses répliques. Heureusement, les spinagons prirent les leurres en chasse. Soupirant de soulagement, Kern fit un petit signe de gratitude à Listle, qui préparait déjà un nouveau sort du haut des remparts.

— En arrière ! tonna Anton. Vite au temple !

Parant les coups, Kern fit retraite jusqu'aux marches de l'édifice. Rialad fut le dernier à rejoindre les réfugiés dans l'enceinte protégée par magie. Les guerriers d'ébène lancés à leur poursuite furent immolés en atteignant la ligne invisible.

Ravageur lança une boule d'énergie noire contre le champ de force. Le projectile explosa. Mais la lueur bleue baissa d'intensité d'une façon alarmante.

— J'ai peur que nos protections ne tiennent plus très longtemps, dit Tarl, l'air sombre. Ce démon doit être très puissant.

— Nous devrons nous en remettre aux armes, dit Rialad. Nous ne pouvons pas le laisser s'emparer de *l'Oracle des Conflits*.

Une autre sphère eut raison des protections magiques. L'aura se désintégra dans une pluie d'étincelles azur. Avec des cris sanguinaires, les guerriers affluèrent sur les marches, débordant les prêtres.

Kern vit l'abishai fendre la cohue des combattants, et se glisser au doigt un anneau d'or.

Il se volatilisa brutalement...

Avec l'arrivée des spinagons, les choses prirent une tournure dramatique. Les prêtres étaient des guerriers valeureux et adroits ; hélas, ils avaient affaire à des monstres d'un autre plan.

Sœur Briatha mourut empalée par un spinagon, qui secoua la forme inerte et la jeta contre un mur pour avancer sur Kern. Le jeune homme eut fort à faire pour esquiver les coups de griffes. Il dut se concentrer afin de ne pas penser à l'issue de la bataille, perdue d'avance.

— Il est temps de s'occuper des démons, déclara Listle.

Elle murmura une incantation ; un minuscule point de lumière apparut dans sa paume. L'étincelle magique voltigea dans les airs comme une abeille. Le spinagon ne remarqua rien avant que l'irritant insecte ne vienne bourdonner à son nez et à sa barbe ; puis il s'engouffra dans une oreille de la créature.

Yeux écarquillés, le spinagon poussa un hurlement étranglé et cingla l'air de ses griffes.

Listle eut un sourire satisfait ; elle venait de déclencher un sort mortel. Même si l'adversaire n'existait que dans l'imagination du démon, les conséquences seraient tout à fait *réelles* et fatales.

Dans sa frénésie, le spinagon ne voyait plus les guerriers d'ébène, ses propres alliés, qui moururent sous ses coups. Ses congénères furent saisis de la même folie fratricide... En quelques instants, les neuf démons réduisirent les effectifs de Ravageur en chair à pâté.

L'elfe ne s'attendait pas à ce que son sort affecte *tous* les spinagons ! L'art de l'illusion était sa matière préférée. Elle se souvint que les créatures venues d'un autre plan étaient irrévocablement liées les unes aux autres.

Mais Listle n'avait jamais mesuré la profondeur de la connexion...

Quand elles en eurent fini avec leurs alliés, les bêtes ailées se battirent entre elles ; en moins d'une minute, toutes étaient mortes, déchiquetées sans avoir soupçonné un instant que l'ennemi n'existait que dans leur seule imagination.

— Et dire qu'on affirme volontiers que les illusionnistes ne valent rien au combat ! s'exclama Listle, chagrinée.

Les guerriers d'ébène survivants furent rapidement expédiés. Découragés par le sinistre spectacle des spinagons devenus fous et par l'apparente désertion de leur chef, ils n'offrirent guère de résistance.

Mais la bataille n'était pas terminée.

— Un ennemi dans le temple !

Kern et Listle se précipitèrent vers Anton et Rialad. C'était la voix de Tarl. Dans la pièce voisine, le prêtre aveugle luttait contre un adversaire invisible pour l'empêcher de s'emparer du livre divin. Deux prêtres gisaient morts aux pieds du père de Kern.

— Montre-toi, lâche ! gronda Tarl. Tes sortilèges sont inutiles contre moi.

Une silhouette sombre se découpa dans les airs. C'était l'immense abishai, Ravageur.

— Ote-toi de mon chemin, prêtre de Tyr, grogna le démon. L'*Oracle* m'appartient.

— Par ma foi, tu te trompes lourdement ! s'écria Rialad.

Ravageur propulsa sur le brave paladin une boule de feu écarlate qui enflamma son plastron. Rialad tomba à genoux, en proie à d'atroces souffrances.

Kern voulut contre-attaquer ; un regard du démon l'en dissuada :

— Encore un pas, et cet imbécile est le suivant...

Le prêtre aux cheveux de neige se pétrifia, enchaîné par des liens invisibles.

Kern suspendit ses mouvements, indécis.

— L'*Oracle* m'appartient, siffla le démon.

— Par Tyr, tu ne l'auras pas, gémit une voix rauque.

Horriblement brûlé, Rialad rassembla ses dernières forces et se rua sur le livre. Des flammes écarlates léchèrent le parchemin antique et dévorèrent l'homme et le livre dans une terrifiante explosion.

Hurlant de rage, Ravageur fit volte-face. Mais Kern l'attendait, marteau brandi. L'aspirant s'était campé entre son père et le démon.

— Tu as perdu, gronda le jeune homme déterminé.

— Tu ignores à qui tu as affaire, avorton, grinça l'abishai.

— Je me moque de ce que tu es !

Kern voulut lancer son marteau.

La bête lui immobilisa le poignet dans une prise implacable.

— Tu crois avoir triomphé alors qu'il n'en est rien, Champion, souffla Ravageur. Tu as gagné un peu de temps, c'est tout. Le jour est proche où ma maîtresse te possédera. De cela, tu peux être certain.

La main du démon s'embrasa ; le marteau devint incandescent. Du métal en fusion coula sur les gantelets du jeune homme.

Le monstrueux abishai lâcha un mot guttural. Puis il s'évanouit dans un grondement de tonnerre.

— M'est avis, Kern, observa Listle, que tu ne t'es pas fait d'amis aujourd'hui.

CHAPITRE IV

DANGEREUSES REQUÊTES

— Par Balphomet et tous ses démons ! Pourquoi me faut-il toujours supporter de tels demeurés ?

Un éclair jailli des doigts de Sirana ricocha follement dans sa chambre, dans les dédales souterrains des voleurs. Il pulvérisa des sculptures sans prix et réduisit en cendres des meubles antiques avant de se dissiper contre les murs de porphyre.

— *Comment* ont-ils pu perdre ? grinça-t-elle.

Les trois derniers voleurs à avoir pénétré dans ses appartements avaient été transformés en cancrelats ; les insectes cherchaient désespérément à éviter ses bottes vengeresses.

— *Comment* ont-ils pu perdre contre une bande de vieux gâteux ? Tout ce que ce foutu abishai avait à faire, c'était rapporter un livre poussiéreux et un jeune crétin !

Elle croisa son reflet dans un miroir de bronze poli. Ce qu'elle vit lui plut : une grande femme bien proportionnée, les cheveux noirs, le regard de braise. Elle était vêtue d'une fine chemise blanche nouée par une tresse d'or. Oui, même au comble de la fureur, elle était une belle femme. Elle savourait sa nouvelle enveloppe corporelle. Pas une once de son héritage démoniaque ne pointait sous son aspect chaud et sensuel.

Mais il était temps de juguler sa rage et d'arrêter une nouvelle stratégie. La vengeance exigeait qu'on garde la tête froide. Sirana le savait mieux que quiconque, elle qui ne vivait que pour cela.

Une attaque directe était à proscrire. Elle avait passé des mois à infiltrer patiemment la Guilde des Voleurs, détournant ses objectifs à ses propres fins. Elle avait ensuite invoqué Ravageur, son serviteur personnel. C'était un abishai baatezu, une créature magique aux pouvoirs redoutables. Il avait pourtant échoué. Sans parler de la horde de voleurs aux armures ensorcelées ou des spinagons, piteusement refoulés.

Elle prit la boîte laquée qui était son bien le plus cher : un présent de sa mère bien-aimée, le jour où Sirana avait assassiné la vieille bique. Le coffret contenait des souvenirs magiques. Avec soin, elle l'ouvrit. Une image se forma...

... Une tour grandiose, taillée dans de la pierre écarlate.

Elle ne l'avait jamais vue, mais la structure était familière. La tour avait appartenu à son père, le seigneur Marcus, un Sorcier Rouge originaire des terres orientales de Thay. Elle se dressait sur une Fontaine de Ténèbres devenue légendaire.

Sirana vit l'histoire tragique de son père se répéter sous ses yeux. Elle contempla les coupables : un ranger, une sorcière, un barbare qui pouvait se transformer en grand chat et un paladin d'outre-tombe avec ses orbites vides brillant d'un feu sacré. Si ce dernier était désormais hors d'atteinte, les autres vivaient toujours.

Après la destruction de la tour, elle revit sa mère, une belle érinye, ramper sous les ruines. Elle avait accouché de Sirana peu après la catastrophe. L'enfant avait vite grandi. Très tôt, sa mère avait semé en elle les graines de la haine ; elle lui avait appris tout ce qui pourrait lui être utile sur les puissances des ténèbres, afin qu'elle venge un jour son père et les érinyes. A neuf ans, Sirana avait mis ses connaissances à l'épreuve dans un duel magique victorieux contre sa génitrice. En conséquence, la jeune hybride avait hérité du pouvoir des érinyes.

Et ni l'une ni l'autre n'avait regretté l'issue du duel ; à l'agonie, sa mère lui avait donné le coffret aux souvenirs et lui avait fait promettre de les venger.

Sirana avait rongé son frein des années, guettant le moment propice. Une merveilleuse occasion s'était un jour présentée à elle : une source d'énergie lui avait conféré une puissance dépassant ses espérances les plus folles. Non seulement elle vengerait son père, mais elle s'emparerait du fameux Marteau de Tyr, si cher à la ville de Phlan. Privée du symbole divin, la cité ne s'extrairait jamais de la chape de désolation, de ruine et de corruption qui pesait sur elle depuis le vol de l'objet. Sirana la vendrait au dieu maléfique le plus offrant du Panthéon, exigeant en échange le statut de demi-déesse - le rêve qu'avait poursuivi son père. Sa vengeance - et sa destinée - seraient accomplies.

La porte bardée de fer de la pièce s'ouvrit brutalement, coupant court à ses rêveries. Elle referma la précieuse boîte, une lueur cruelle au fond des yeux.

— Nous avons infligé aux prêtres de Tyr un coup dont ils ne se relèveront pas de sitôt ! tonna une voix.

L'arrogant abishai avança dans la pièce. Plusieurs cancrelats s'écartèrent vivement. Si le démon ne se doutait de rien, eux savaient ce qui allait se passer.

— Ce fut une glorieuse bataille, gronda-t-il avec suffisance. Les minus de Tyr ne soutiendront pas d'autre assaut.

— Ah oui, susurra Sirana. Et que nous reste-t-il pour cela, Ravageur ? Une armée de blattes ?

Un insecte qui ne s'était pas trouvé une cachette assez vite fut transformé en tache brunâtre par une boule d'énergie.

Ravageur haussa les épaules.

— Ils n'étaient pas pires que tes spinagons, maîtresse. Malgré l'ineptie des voleurs, j'avais presque mis la main sur *l'Oracle des Conflits*. Un maudit paladin que je venais d'enflammer a eu le culot de s'écrouler sur le livre, qui a été réduit en cendres en un clin d'œil. Tes pauvres spinagons auraient dû l'en empêcher, mais ils ont péri des mains d'une elfe illusionniste. Tu ne m'avais pas dit qu'il y aurait un mage, maîtresse ! Tu devrais être heureuse que je sois encore en vie pour te servir.

Sirana eut un sourire narquois.

— En effet, abishai, j'en suis heureuse. Et je me sens une dette envers toi.

Elle leva la main ; des flammes noires cernèrent le démon. Des boucliers de défense entrèrent aussitôt en action. Ravageur prit un air supérieur. Qu'avait-il à craindre de l'hybride d'une vulgaire érinye ?

— Tu oses lever la main contre moi ? gronda-t-il. Je suis un prince parmi les démons. Ceux de ton espèce sont des insectes ; les sorts les plus puissants de ton père m'auraient à peine égratigné. Tu m'as amené dans ce monde, Sirana, mais ne crois pas un instant que tu puisses quelque chose contre moi.

Elle feignit d'être impressionnée.

— Je t'ai mal jugé, grand abishai, minauda-t-elle. (Elle tomba à genoux et inclina le front, soumise.) Je ne suis pas digne d'être appelée « maîtresse » par quelqu'un d'aussi puissant que toi.

— Voilà qui est mieux, bâtarde d'érinye, rit-il.

Sirana se redressa d'un coup, un sourire mauvais aux lèvres. Ravageur vit trop tard la rune qu'elle venait de tracer par terre.

Le glyphe satanique cracha un entonnoir d'étincelles incandescentes qui bondirent sur le démon. Il tenta de les chasser, mais les flammèches le brûlèrent ; ses boucliers de défense s'effritèrent.

— Non ! hurla Ravageur. Ce n'est pas possible ! Je suis un prince !

Les étincelles couvrirent son corps et le consumèrent. Il se contorsionna comme un lézard écorché vif. Le maelström l'engloutit et disparut, aspiré par la rune qui l'avait engendré.

Le symbole magique vibrait d'énergie pure. Sirana s'agenouilla, pressant son front contre la terre.

Une intense brûlure lui martela le crâne, mais s'atténua très vite pour devenir un picotement presque agréable. La sorcière se redressa, parcourue par une nouvelle force. La rune brilla faiblement sur son front avant de disparaître. Désormais, la puissance de Ravageur lui appartenait.

S'étirant langoureusement, elle savoura son triomphe. Ses possibilités augmentaient de jour en jour.

Même si l'*Oracle des Conflits* était détruit, les prêtres de Tyr avaient dû résoudre l'énigme de Baine, sans quoi ils n'auraient jamais accepté la perte du volume. Qu'importait ! Il y avait d'autres moyens. Il suffisait de suivre ceux qui étaient chargés de retrouver le Marteau. Ses espions d'outremonde l'avaient déjà informée que le fils d'un de ses ennemis serait du nombre.

Elle partit d'un grand éclat de rire ; quelle démone imaginative elle faisait ! Elle caressa un anneau de poils grossiers :

— Hoag, viens à moi, je t'en conjure.

Une créature apparut au-dessus d'elle. Le hamatula, un baatezu originaire des Neuf Enfers, était un démon de haute taille aux longs membres ; il était couvert de pointes acérées. Les hamatulas étaient des cousins des abishais et des érinyes. Sirana préférait les hamatulas, cruels et pleins de ressources, aux abishais, brutaux et arrogants. Hoag l'avait bien servie par le passé. Elle aurait dû penser plus tôt à lui.

— Sirana, grogna-t-il de plaisir. Quel bonheur d'être invoqué par une sorcière de ta trempe. (Il lui fit une révérence d'une grâce étrange.) Que puis-je pour toi ?

— J'ai besoin de toi pour un plan que j'ai concocté, Hoag, dit-elle d'une voix mélodieuse. Bien sûr, je ne peux pas t'envoyer en ville ainsi...

Sur un signe alangui de sa main, des volutes entourèrent la créature. Quand la brume disparut, le démon s'était envolé, lui aussi. A sa place se tenait un chevalier au noble maintien revêtu d'une armure d'ébène. Il portait un bouclier couleur sable dépourvu de blason ; son visage était caché par une visière.

— Voilà qui est mieux, approuva-t-elle. Un preux chevalier a besoin d'une monture hardie.

Les bouffées démoniaques se muèrent cette fois en un cheval de guerre d'un noir de jais.

— Ecoute attentivement à présent, Hoag.

— C'est avec la plus grande des joies que je sers, ma dame.

*
* *

Sur le point de s'endormir paisiblement, Sirana s'abîmait dans ses rêves de puissance et de vengeance quand une énergie hostile s'attaqua au système complexe qui protégeait ses appartements. Elle bondit hors du lit.

— *Ecoute-moi* !

La voix désincarnée éclata sous son crâne comme un coup de tonnerre.

— *Relâche-moi, sorcière !*

Ses protections vacillèrent ; la peur étreignit le cœur de l'hybride. Elle aurait dû s'attendre à pareille attaque.

— *Relâche-moi maintenant* !

Une terrible explosion fit éclater les derniers boucliers magiques et la plaqua à terre. Luttant contre la panique, elle s'efforça d'absorber la violence du choc. Surprise, elle trouva la force de résister à son fantastique adversaire.

Ce matin encore, une telle attaque l'aurait réduite en cendres. Elle devait avoir assimilé des pouvoirs insoupçonnés en tuant l'abishai. Son lointain ennemi n'aurait pas de seconde chance. Fermant les yeux, elle contre-attaqua et eut le plaisir d'entendre, venue de très loin, une plainte de douleur.

D'un simple mot, Sirana quitta son enveloppe corporelle. Elle maîtrisait les projections astrales grâce à sa mère, et en usait comme d'autres boivent de l'eau. Son esprit libéré traversa le plafond, s'éleva dans les nues. Un fil d'argent lui permettait de ne pas rompre le contact avec son corps, immobile dans la chambre souterraine.

La terre devint bientôt floue. En quelques instants, elle gagna une crête montagneuse, aux pics élevés : les Montagnes de l'Epine Dorsale du Monde. Elle piqua dans un gouffre ; son voyage prit fin en un clin d'œil.

D'un claquement de doigts, Sirana fit jaillir la lumière ; elle se trouvait dans une immense grotte, au bord d'un lac souterrain. Sa surface gris acier était constituée d'eaux bizarrement épaisses. Il s'agissait d'une Fontaine de Pénombre, une source de magie redoutable.

— Pourquoi as-tu osé m'attaquer ? demanda Sirana.

Quelque chose bougea sous les eaux noires.

— *Tu avais promis de me libérer si je t'accordais le pouvoir ! J'ai honoré ma part du contrat, sorcière. Ton tour est venu. Libère-moi !*

Sirana réfléchit. Elle n'avait pas la moindre idée de la véritable nature de la créature tapie au fond des eaux, mais elle devinait qu'il s'agissait d'un être retors et maléfique. Après des années de recherche, elle avait failli être tuée par le gardien de la Fontaine dès leur première rencontre. Sirana excellait pourtant en matière de ruse et de fourberie. Ce jour-là, des mois plus tôt, elle avait feint de compatir aux malheurs de la bête. Désespérée après des siècles de solitude, celle-ci avait écouté les promesses apaisantes de la sorcière, et consenti à un accord. Si le monstre lui offrait l'énergie magique de la Fontaine, faisant d'elle la première sorcière de Féérune, Sirana, en contrepartie, trouverait le moyen de le délivrer de sa prison liquide.

La démone n'avait aucune intention de tenir sa promesse. Pour libérer la mystérieuse créature, il n'y avait qu'une solution : prendre sa place dans la Fontaine... Pas question de se condamner à un tel sort, une fois le Marteau de Tyr en sa possession ! Non, son destin était d'accéder à la divinité !

— Bien sûr que nous avons un accord, finit-elle par répondre. Je ne l'ai pas oublié, contrairement à toi.

— *Je t'ai donné le pouvoir que tu m'avais demandé !*

Des bulles crevèrent la surface couleur gris acier ; elles s'épanouirent lentement comme des cloques sur la peau d'un grand brûlé.

— Cela ne suffit pas ! gronda Sirana, dévoilant des dents blanches. Tu dois m'insuffler *assez de forces* pour vaincre mes ennemis ! C'est là notre pacte.

— *Tu sous-estimes tes adversaires*, protesta le gardien. *A travers les siècles, j'ai dépêché mes serviteurs contre Phlan pour balayer cette maudite cité de la surface de Toril. A chaque fois, mes troupes ont été vaincues ! Le peuple de Phlan a toujours trouvé un héros pour s'opposer victorieusement à mes forces. Toujours ! Tu dois les empêcher de retrouver le Marteau. Si Phlan le recouvre, elle y gagnera une protection éternelle, et ni toi ni moi n'aurons notre vengeance !*

— Laisse-moi m'occuper de Phlan, rétorqua-t-elle sèchement. Ce ne sont pas tes affaires. Accorde-moi davantage de pouvoirs, ou...

— *Ou quoi ?*

— Ou souffres-en les conséquences.

Entonnant une incantation, Sirana tendit la main vers la voûte constellée de stalactites. L'une d'elles, de calcaire massif, vira au rouge incandescent et se détacha. Les eaux huileuses se refermèrent sur elle sans la moindre éclaboussure. Un cri de douleur résonna dans la grotte.

Sirana poursuivit son chant. Une autre stalactite en fusion plongea dans la Fontaine, puis une autre, et une autre encore... Chacune devait blesser la créature tapie au fond du bassin.

— *Arrête, sorcière ! Arrête, je t'en prie !*

Une véritable pluie de calcaire s'abattit sur les eaux mystérieuses.

— *Je t'en supplie, sorcière ! Tu auras ce que tu désires ! Par pitié !*

Sirana s'interrompit.

— Voilà qui est mieux, murmura-t-elle, condescendante.

Un flacon apparut à la surface, s'extrayant de l'eau avec un bruit de succion.

— *Bois-le, sorcière, et tu auras ce que tu désires*

Sirana referma ses doigts sur la fiole.

— Je savais que tu retrouverais la raison, gardien. (D'une torsion du poignet, elle téléporta la potion dans sa chambre secrète.) J'imagine que tu ne tenteras plus rien d'aussi idiot. Je te libérerai une fois ma vengeance réalisée, pas avant. Est-ce clair ?

— *On ne peut plus clair, sorcière.*

Sirana eut un sourire d'une malveillance sublime.

— Bien, nous nous comprenons à merveille.

Elle réintégra son corps sans rien ajouter.

Si elle était restée quelques secondes de plus, elle aurait remarqué les petites bulles qui montaient lentement à la surface grisâtre pour exploser avec un bruit rappelant furieusement un rire sardonique.

*

* *

Mollement allongée sur son canapé tendu de velours noir, Sirana était lasse, comme après chaque voyage astral ; la confrontation l'avait considérablement épuisée. Mais elle ne devait à aucun prix relâcher ses efforts.

De faibles lueurs semblaient dériver dans le fluide que contenait le mystérieux flacon. Devait-elle appeler Hoag ? Ce liquide pouvait être du poison. Elle ordonnerait au démon d'y goûter. Mais c'était risquer d'octroyer à l'hamatula des pouvoirs dangereux.

Elle porta la fiole à ses lèvres et but la substance au goût métallique.

Le feu coula dans ses veines.

Suffoquant de douleur, elle tomba à terre. Sa peau

d'albâtre noircit et prit une teinte cuivrée. Deux rayons argent transpercèrent son regard. Quelle idiote ! Elle aurait dû se méfier, préparer un sort de transfert pour échapper à son corps agonisant et prendre possession d'un autre.

— Je ne peux pas mourir comme ça ! gémit-elle. Pas encore !

Soudain, les souffrances cessèrent.

Ce fut comme si elle venait de plonger dans une cuve d'eau glacée. Sirana se remit doucement debout. La chambre, autour d'elle, semblait transformée. A la place des ombres habituelles s'offrait une pénombre d'une noirceur scintillante : onyx, ébène et jais s'y mêlaient... C'était d'une beauté à couper le souffle.

Sirana comprit ce qui arrivait : la pièce n'avait pas changé. *Elle, si.* Elle pouvait *voir* la texture même de l'obscurité ! C'était un don précieux. Elle caressa les ténèbres soyeuses de la nuit...

— Qu'est-ce donc ? murmura-t-elle.

C'était un fil noir semblable à ceux qu'elle utilisait pour invoquer les démons, à ceci près que leur éclat métallique vibrait d'énergie. Celui-ci était d'une merveilleuse noirceur. A quelle créature pouvait-il appartenir ? Elle tira sur le fil.

— Qui ose ? murmura une voix d'un autre temps.

— Je t'ordonne d'apparaître.

— Tu ne dors pas, tu ne rêves pas, crissa l'être, surpris.

— Non, je commande.

Sirana tira fortement. Le fil s'évapora, la créature apparut.

Silhouette informe de la taille d'un homme, elle flottait sans attaches. Ses seules caractéristiques étaient de longs doigts en forme de brindilles et une bouche aux dents blanches comme la lune.

Sirana connut un instant de panique. Elle n'avait

encore jamais eu affaire à une créature aussi malfaisante. Focalisant toutes ses énergies mentales, elle sonda précautionneusement la bête... et se détendit. La créature était contrainte de lui obéir parce qu'elle l'avait invoquée.

— Qui es-tu ?

— Je suis Soupir, un bastellus. Mon domaine est très loin d'ici. Mais quelques-uns de mes semblables hantent cette terre. On nous appelle les Traqueurs de Rêves. (Des filaments d'ombre flottaient autour de lui comme autant de tentacules.) Pourquoi m'as-tu appelé ?

— C'est moi qui pose les questions...

La créature ne dit mot.

Le gardien, songea Sirana avec satisfaction, avait tenu parole. Elle n'avait jamais vu démon d'une telle noirceur. Il était d'une beauté sidérante... Et tout à elle !

— Dois-je m'infiltrer dans les rêves de tes ennemis et me repaître de leur vitalité, maîtresse ? siffla le bastellus.

— C'est en ton pouvoir ?

— Oui.

Souriante, elle lui donna son accord. Puis elle éclata de rire, une lueur de pénombre au fond des yeux.

CHAPITRE V

AMIS LOINTAINS

— Des voleurs ? s'étrangla Tarl, choqué. Mais comment peux-tu en être certain ?

— C'est leur façon de se comporter au combat qui m'a mis la puce à l'oreille, répondit Anton.

Assis dans un fauteuil de chêne, le grand prêtre était soigné par Shal, toujours aussi efficace.

Une fois l'excitation de la bataille retombée, Kern et Listle sentirent l'épuisement les gagner. A la fatigue du jeune homme s'ajoutait une vive inquiétude ; c'était *lui* que les démons voulaient !

— Ces « guerriers », poursuivit le patriarche, étaient mal à l'aise et empêtrés dans leurs armures, cela se voyait. Ils avaient également l'habitude d'armes plus petites et plus légères que celles qu'ils manipulaient. Ils s'entêtaient à chercher le combat rapproché alors que leur épées longues ne s'y prêtaient pas. Tout cela trahit leur véritable identité : des voleurs de la guilde. Et leurs oreilles entaillées ont confirmé mes soupçons.

— Comment cela ?

— Leur chef précédent, Bercan, a sacrifié son oreille gauche lors d'un duel, il y a quelques années. Depuis lors, les voleurs de Phlan s'entaillent l'oreille gauche en signe de loyauté.

Listle prit la parole. Il était impossible de l'empêcher de se mêler à la conversation :

— En quoi le Marteau de Tyr intéresse-t-il les voleurs, patriarche Anton ? Voulaient-ils en tirer une rançon ?

— Peut-être. Plus vraisemblablement, ils s'intéressaient aux trésors qui, selon la légende, seraient cachés avec le Marteau.

Tarl se frappa la paume du poing, arpentant furieusement la pièce.

— Quelque chose me turlupine. La Guilde des Voleurs ne s'en était jamais pris au temple, surtout en plein jour. Se déguiser en guerriers est inhabituel de leur part. Qu'est-ce qui a pu se passer ?

— Les démons..., observa Shal, rêveuse. Depuis quand les voleurs ont-ils la faculté d'invoquer des démons des Neuf Enfers ?

— Ils ne l'ont jamais eue, répondit Anton, sombre.

— Il serait intéressant de savoir qui l'a fait, dit Shal. La réponse nous donnera l'identité de celui qui recherche le Marteau.

L'air désapprobateur, elle contempla l'onguent magique qu'elle venait d'appliquer sur les blessures de son fils ; il s'était transformé en toiles d'araignée bleuâtres... Kern devrait guérir de façon naturelle...

— Autant te faire aux combats, mon garçon, l'avertit Anton gravement. Aujourd'hui était le premier d'une *longue* série, j'en ai peur. Quelqu'un veut le Marteau *à tout prix*, et ne reculera devant rien pour l'avoir. Notre mystérieux ennemi doit être en train de recruter davantage de démons des plans inférieurs.

— Pauvres démons, soupira Listle.

— *Pauvres démons* ? s'étrangla Kern, indigné. Que veux-tu dire ?

— Ils n'ont jamais demandé à être asservis, rétorqua l'elfe.

— Listle, ce sont des *démons*, répondit Kern qui n'en croyait pas ses oreilles. Des êtres *maléfiques*.

— Peux-tu jurer que tous sont malveillants ? insista-t-elle, mains sur les hanches. Certains sont peut-être contraints d'attaquer contre leur volonté.

Abasourdi, Kern la regarda manipuler son rubis. Qu'est-ce qu'il lui prenait ?

— Crois-moi, Listle, seul un sorcier noir peut les invoquer. Il s'agit de bêtes diaboliques.

— Ah oui ? gronda-t-elle, furieuse.

Elle fit volte-face et disparut dans le mur. Kern en resta bouche bée.

— Qu'est-ce qu'il lui arrive ? demanda-t-il, blessé.

— Tu es une tête de mule, soupira sa mère.

— Kern n'a rien fait de mal, protesta Anton. Listle racontait des sornettes.

L'enchanteresse rousse leva les yeux au plafond :

— Ah ! les hommes ! marmonna-t-elle. (Kern, Tarl et Anton échangèrent des regards perplexes.) Il y a des choses que vous ne comprendrez jamais ! Mais peu importe...

Elle partit à la recherche de son apprentie, qu'elle dénicha là où elle s'y attendait le moins : dans son étude, occupée à balayer le sol. Listle devait être bouleversée...

Souriante, Shal lui prit le balai des mains, la fit asseoir, et prépara une décoction de plantes. Savourant le liquide avec l'elfe, elle la contempla pensivement.

A la vérité, Listle était presque autant un mystère pour elle que pour son fils. Elle était apparue deux ans plus tôt pour apprendre la magie ; Shal n'avait pas eu le cœur de la renvoyer. Du reste, elle avait besoin d'une apprentie ; Listle s'était montrée intelligente et studieuse malgré son caractère imprévisible.

Au bout de deux ans, Shal n'en savait pas plus sur elle qu'au premier jour. Listle était originaire d'Eternelle-Rencontre, la terre des elfes d'argent, à l'ouest au-delà de la Mer des Epées. Mais elle ne parlait presque jamais de son passé. Et Shal n'était pas du genre à poser des questions.

Listle rompit le silence :

— Shal, comment Tarl a-t-il apporté le Marteau de Tyr à Phlan ? Cela a dû être très difficile, non ?

Surprise, la magicienne hocha la tête. Le meilleur moyen d'oublier ses soucis était souvent d'écouter ceux des autres... Elle lui raconta ce qui s'était passé.

— ... Une fois le Marteau rendu au temple de Tyr, la ville prospéra. De nouveaux bâtiments s'édifièrent sur les ruines, les monstres furent chassés. Phlan était sauvée...

— Mais le Marteau disparut une seconde fois...

— Oui... Et le processus s'inversa encore. Phlan retomba dans la déchéance.

— Qu'allons-nous faire, Shal ?

— Quelqu'un pourrait nous venir en aide, fit-elle, l'air pensif. Le présage parlait d'une Fontaine, n'est-ce pas ?

— C'est cela. La Fontaine de Pénombre...

— Eh bien, je connais une experte en matière de Fontaines étranges ! Viens, allons retrouver les autres.

*
* *

Penchée sur un chaudron bouillant, la sorcière n'avait pas le droit à l'erreur. Elle émietta des feuilles séchées au-dessus du liquide en ébullition. Frissonnant, elle rajusta son manteau ; l'air glacial annonçait un hiver précoce. Les feuilles mortes tapissaient le sol de mosaïques ocre et mordorées. La femme écouta les écureuils, mais se lassa vite. Seuls les glands semblaient passionner les petits rongeurs.

Encore un peu de poudre noire... Ça y était presque. Mais elle devait se maîtriser. La patience était la clef des plus grands enchantements.

Vêtue de peaux de daim, de fine laine couleur lie-de-vin et de cuir de wyvern assoupli, elle paraissait sans âge. Une mèche grise striait ses longs cheveux châtains. La profonde sagesse de son regard vert jurait avec son apparente jeunesse. Tout observateur attentif aurait déduit qu'elle était trop versée dans les arts occultes pour être aussi juvénile.

En vérité, elle était plus que centenaire.

Concentrée sur sa tâche, elle n'entendit pas un léger craquement de brindilles derrière elle.

Dans les buissons, une paire d'yeux vert et or contemplaient la jeune femme. Une mince silhouette fauve se faufila dans le sous-bois. Un rayon d'or perça les feuillages touffus et caressa la créature de sa chaleur : c'était un grand chat, aux muscles roulant sous son pelage. Sa robe couleur chamois se teintait d'un brun aux riches nuances autour des pattes, du museau et de la pointe de la queue. Ses yeux étaient des gemmes vertes semées de paillettes d'or. Grondant sourdement, le félin approcha encore de sa proie et se ramassa sur lui-même, calculant la force nécessaire pour bondir sur le dos de la femme, et...

— Je sais que tu es là, Gamaliel, dit la sorcière, amusée. Je sens ton haleine sur ma nuque.

— *Tu n'es pas drôle, Evaine*, grommela-t-il par télépathie.

— Au contraire, fit-elle, ravie, je suis un joyeux boute-en-train !

Elle gratta le chat grognon derrière les oreilles ; il résista quelques secondes, avant de céder à ses impulsions félines. Il se renversa sur le dos, ronronnant de plaisir, ventre offert à ses caresses.

Il avait tout du chaton, malgré sa taille. Mais les apparences étaient trompeuses : au fil des ans, ses griffes avaient déchiqueté d'innombrables ennemis ; la sorcière n'avait jamais rencontré de combattant plus féroce que lui. En tant que familier, il était inextricablement lié à l'esprit de sa maîtresse. Tous les mages, du plus grand au plus modeste, avaient besoin d'un familier, fût-ce un lézard ou une araignée. Evaine avait de la chance d'avoir rencontré Gamaliel ; il était plus qu'un protecteur : un véritable ami.

— Allons, Gam, je voudrais que tu goûtes à ma mixture.

Elle plongea une cuiller de bois dans le chaudron.

— *Est-ce bien nécessaire ?* se plaignit le chat, le museau retroussé. *Je ne tiens pas à être changé en crapaud, tu sais.*

— Ne fais pas le gamin, Gam. Ce n'est pas une potion magique. C'est un ragoût, ton mets préféré : du lapin au thym et au fenouil.

— *Que ne le disais-tu plus tôt ?*

Il lécha la cuiller : une lumière verte l'auréola soudain. Ses contours se brouillèrent et il fut changé en féroce barbare vêtu de peaux de bêtes et de cuir. Il portait une épée au côté, et sa longue chevelure fauve était nouée en queue-de-cheval par une lanière de cuir.

— Il est plus facile de manger avec des doigts pour tenir sa cuiller, expliqua-t-il.

— Je te crois sur parole ! rit Evaine.

Gamaliel était capable de se métamorphoser en être humain à volonté. Avoir des doigts était parfois bien pratique.

Après le repas, le familier se retransforma et inspecta les environs : protéger sa maîtresse était sa seule raison de vivre.

Le soleil disparaissait lentement dans un océan de nuages couleur bronze ; les deux amis s'arrêtèrent devant d'épais buissons apparemment inextricables.

— *Portail* ! commanda Evaine, une main levée.

Les branchages s'écartèrent en bruissant et se refermèrent immédiatement derrière eux. De nature renfermée, les sorciers ne laissaient jamais leur demeure exposée aux regards.

Les buissons s'ouvraient sur une clairière nichée au creux d'un bosquet de frênes majestueux. Au loin, une colline escarpée offrait le spectacle d'une cascade dévalant des rocs jusqu'à une mare d'eau glacée. L'écume capturait et reflétait à l'infini les rayons mourants du soleil. Au bord de l'étang se dressait une maison de rondins longue et basse. Au contraire des logis prisés par la plupart des sorciers, la demeure était accueillante et confortable. Evaine n'avait jamais aimé les tours sombres, étouffantes en été, glaciales l'hiver, et humides aux intersaisons. Mais les mages se croyaient obligés d'élire domicile dans de semblables bâtisses.

En dépit de son aspect rustique, la maison était aussi bien protégée qu'une tour. Les rondins d'apparence banale avait la résistance du chêne massif. Les grandes baies vitrées étaient de l'acier rendu transparent par magie. Les coquelicots et les chrysanthèmes, qui n'avaient de fleurs que l'aspect, formaient un champ de force redoutable. Toute créature maléfique tentant de s'infiltrer dans la maison était immédiatement réduite en cendres.

A l'intérieur, les étagères de pin supportaient quantité de livres ; les murs s'ornaient de tapisseries complexes et de peaux de bêtes. Dans un coin, un grand tambour de guerre servait de support à des pierres couvertes de runes elfiques. Le chandelier richement ouvragé venait de l'empire de Calimshan, au sud des Royaumes.

S'arrêtant de trier les herbes qu'elle avait récoltées, Evaine songea que la plupart des objets étaient des souvenirs de sa lutte acharnée contre les Fontaines maléfiques. Pas un seul n'avait été acquis pour le plaisir des yeux, ou lors d'un voyage avec des amis. Elle soupira. Elle avait consacré les trente dernières années de sa vie à combattre les sources du Mal disséminées dans les Royaumes. Même si sa mission était d'importance, Evaine ne pouvait se défendre d'un sentiment de solitude.

L'ouïe fine de Gamaliel capta son soupir. Sa maîtresse perdait le sommeil et l'appétit ; quelque chose la préoccupait, la rendait mélancolique. Les griffes et les crocs du familier ne pouvaient rien contre le chagrin ou les tracas. Il se creusa la cervelle, à la recherche d'un moyen de l'aider. En vain.

Son propre soupir de frustration tira Evaine de ses rêveries. Elle chassa sa tristesse. Tout ce qu'il lui manquait, c'était une nouvelle Fontaine à traquer et à détruire !

— Allons, Gam, reprit-elle, enjouée. Occupons-nous du souper.

Un carillon cristallin retentit. Qui cela pouvait-il être ?

Elle prononça un mot : un escalier scintillant apparut au milieu de la pièce. Evaine l'emprunta, Gamaliel sur les talons ; ils aboutirent dans une pièce, hors de la réalité physique de la maison. Et même de Toril. Il s'agissait d'une poche dimensionnelle, le fragment d'un univers parallèle. Elle s'en servait comme laboratoire secret.

Evaine se posta devant un miroir en forme de larme. Un visage au casque de cheveux flamboyants et au regard vert s'y refléta.

— Shal ! s'exclama Evaine, surprise.

— Evaine, je suis heureuse de te trouver chez toi. J'ai peur que Phlan soit en grand danger. Et je pense qu'une Fontaine est à l'œuvre.

Saisie de terreur et d'excitation, Evaine demanda à en savoir plus.

*

* *

Une heure plus tard, après les explications de Shal, et ses réponses à des questions pertinentes, Evaine savait l'essentiel.

— Kern va se rendre dans les ruines de la tour rouge d'ici trois jours, continua Shal. Je n'aime pas le savoir livré à l'inconnu. Je veux apprendre l'identité de son ennemi.

— Il y a un moyen de le savoir, dit la sorcière au bout d'un moment. Mais j'aurai besoin d'aide.

— Tout ce que tu veux !

— Nous devrons laisser nos enveloppes corporelles derrière nous. Quel que soit notre ennemi, c'est un mage qui tire ses forces de la Fontaine de Pénombre. Invoquer les démons dont tu as parlé requiert de grands pouvoirs. Je ne le sais que trop bien. Commençons par nous concentrer sur Kern. Je ne serais pas efficace sans ton aide.

Evaine exposa à son amie et collègue les détails du sort ; puis elle l'avertit qu'il y aurait du danger.

— Je suis prête à courir des risques, Evaine.

— Je serai à ton côté. Prête ?

— Prête.

Les deux enchanteresses lancèrent simultanément leurs sorts, l'une depuis sa poche dimensionnelle, l'autre depuis sa tour, à une centaine de lieues au nord-est. Evaine sentit son moi astral quitter son corps. Elle tendit une main éthérée vers le miroir.

— *Shal...*

— *Je suis là, Evaine. Je crois, du moins. C'est un peu inhabituel pour moi...*

— *Ne lutte pas contre les sensations, laisse-toi aller... Comme si tu dérivais dans une mer tropicale. Maintenant cherche à m'atteindre avec ton esprit. Je vais faire de même.*

— *Je t'ai trouvée !*

— *Oui... Allons-y maintenant. Plus longtemps nous resterons éloignées de nos corps, plus nous souffrirons de maux de tête une fois de retour.*

Evaine partit devant. L'esprit des deux magiciennes s'envola vers le sud. L'étendue gris ardoise de la Mer de Lune miroita puis disparut sous elles.

— *Regarde ! Les bateaux semblent des jouets !*

— *Oui, le spectacle est à couper le souffle, je le sais, mais reste concentrée. Nous sommes vulnérables ; des créatures hantent les royaumes de l'esprit. C'est là qu'elles se nourrissent.*

— *Avoir son esprit mangé... Brrr !*

Les deux amies parvinrent à une structure qui ne leur était que trop familière.

Les ruines de la tour rouge. Vingt-deux ans plus tôt, Phlan avait été capturée par le Sorcier Rouge Marcus. Sous la lumière mourante, les décombres rappelaient une pierre tombale déchiquetée.

— *Le sens-tu ?* demanda Shal, dégoûtée.

— *Oui, le Mal est toujours là, puissant.*

Des vagues à vous donner la nausée émanaient de la tour abandonnée. Une chose était tapie dans les profondeurs souterraines, insatiable, inassouvie, exsudant le Mal.

— *Pense à Kern, Shal. Nous devons savoir si ce lieu est l'origine des forces dirigées contre ton fils.*

— *Je vais essayer.*

Evaine eut soudain conscience d'une traînée noire qui survolait la Mer de Lune jusqu'à Phlan.

— *Le voilà !* s'exclama Shal. *Je sens le Mal qui s'étend. La créature hait Kern...*

— *Et elle le redoute*, ajouta Evaine... *Je ne crois pas que ce soit la source, Shal. Il y a quelque chose c'est certain. Mais ce n'est pas une Fontaine, ni l'origine du déferlement des démons. Retournons à Phlan et recommençons.*

La lune, Séluné, embrasait déjà la mer de son feu de nacre glacée. De retour à Phlan, Evaine y remarqua mille et un signes indéniables de décrépitude.

— *Très bien, Shal. Concentre-toi de nouveau sur Kern. De toutes tes forces... Là !* s'écria-t-elle, enthousiaste.

— *Qu'est-ce que c'est ?*

— *Ce que nous cherchions.*

Elle se concentra. Une traînée d'ombre aux reflets métalliques filait dans la nuit, vers le nord-ouest.

— *Est-ce une Fontaine de Lumière ou de Ténèbres ?*

— *Ni l'une, ni l'autre... Remontons-la jusqu'à sa source.*

Les deux enchanteresses s'envolèrent vers les montagnes de l'Epine Dorsale du Monde. Les émanations maléfiques s'intensifiaient.

Evaine prit conscience qu'une entité étrangère les sondait.

— *Shal, il faut rompre le sort maintenant.*

— *Pourquoi ? Qu'est-ce qu'il y a ?*

— *Ne discute pas, Shal.*

L'être mystérieux passa de la surprise à la colère. Ce devait être un gardien. Les deux femmes étaient en grand danger.

— *Tu dois...*

Trop tard.

Une explosion : le gardien attaquait !

— *Evaine, aide-moi !* s'écria Shal, terrifiée.

Avant que la sorcière puisse réagir, son amie disparut dans un maelström d'énergie.

Evaine sentit son âme se glacer au contact du Mal. Elle devait lutter ; dans un instant, il serait trop tard.

Elle entendit un dernier cri d'épouvante, très lointain. Faisant appel à toute sa volonté, Evaine plongea à la suite de la magicienne de Phlan, les mains tendues. Elle agrippa quelque chose avant d'être happée par le néant.

Un hurlement de pure malveillance sortit des entrailles de la montagne. Le sort rompu, Evaine fut aspirée dans un gouffre sans fin...

*
* *

Se réveiller équivalait à nager dans une mer sans fond. Evaine sentit quelque chose de chaud sur son visage ; Gamaliel la léchait. Elle était vivante !

— *Je t'ai presque perdu*, la réprimanda-t-il d'un ton hautain, mais ses moustaches frémissantes trahissaient son inquiétude. *Ne recommence jamais.*

— Shal... ? hoqueta-t-elle.

— *Reste allongée. J'ignore ce qui est arrivé à ton amie. Le miroir s'est brisé. Sa famille devra s'en occuper. C'est pour toi que je m'inquiète.*

— Aide-moi à m'allonger... Mais fais quelque chose pour moi, entre-temps : va à la Vallée des Chutes, et prie Ren de la Lame de venir aussi vite que possible. Il y a une Fontaine dans les Montagnes de l'Epine Dorsale du Monde. Personne ne les connaît comme lui. Je dois lui parler.

— *Je ne peux pas te laisser là !* s'indigna le chat.

— J'en ai vu d'autres, Gam... Je t'en prie !

— *Très bien, puisque tu insistes. Mais souviens-toi, sorcière, que tu me revaudras ça* !

CHAPITRE VI

LA NOBLESSE MISE À L'ÉPREUVE

Le Traqueur de Rêves approcha de la chambre du dormeur. La tour bardée de champs de force et de boucliers magiques n'avait posé aucun problème au bastellus nommé Soupir. Lui n'avait pas d'enveloppe corporelle.

Sa forme nébuleuse se faufila par les fissures du bois de la porte ; il glissa lentement vers la couche de sa victime.

C'était un jeune homme au visage ouvert et honnête, les cheveux roux coupés court. C'était bien lui, le rejeton de la sorcière. Sirana le voulait. Cela ne posait aucun problème : Soupir allait s'infiltrer dans ses rêves et lui souffler des cauchemars qui le mèneraient au bord de la folie. Manipuler le cerveau humain était un jeu d'enfant. Très vite, le jeune homme n'aurait plus qu'un seul désir : devenir l'esclave de Sirana.

Un gémissement s'échappa des lèvres du dormeur. Il était déjà la proie d'un cauchemar. *Excellent*, pensa Soupir.

Cela allait lui simplifier la tâche.

La bête tendit ses doigts cassants comme des brindilles. Elle se prépara à plonger dans la psyché de sa proie endormie.

A l'instant où il toucha le front plissé de Kern, Soupir poussa un hurlement inaudible.

Il venait de se brûler ! Stupéfait, il vit plusieurs de ses superbes doigts mués en une masse gluante de toiles d'araignée bleues. Il se tordit de souffrance. Il n'avait jamais été repoussé ainsi !

Il se recroquevilla loin de l'humain qui venait de lui infliger cette douleur. Maudite Sirana ! Qu'elle aille le séduire elle-même !

Le bastellus sortit par la fenêtre, déterminé à trouver une autre victime dont il se nourrirait sans mal.

Kern gémit dans son sommeil. Pour lui, le cauchemar ne faisait que commencer.

*

* *

Cette fois, il savait qu'il rêvait.

— *Viens, Champion de Tyr ! Viens accomplir ton destin !*

Kern secoua la tête, étourdi. Il était à nouveau dans la caverne des morts. Les squelettes jacassaient, se gaussant de lui en une macabre cacophonie. Il agrippa son marteau de guerre ; il devait résister. Approcher davantage signifierait la fin.

— Sors et viens m'affronter ! hurla-t-il.

La peur étreignait son cœur de ses serres de glace. Les ténèbres parurent virevolter.

— *Tu t'avères lâche, Champion*, railla la voix d'outre-monde.

Les témoins enchâssés dans leurs cercueils firent cliqueter leurs os en une hideuse caricature de rire.

Tous ses instincts lui criant de fuir, Kern planta pourtant ses talons dans le sol de basalte. Il était un paladin. Il ne reculerait pas devant l'ennemi.

— Je t'affronterai à visage découvert !

— *Oh, mais tu n'y tiens pas du tout, avorton. Il vaut mieux pour toi que je me drape dans la nuit.*

Les ténèbres s'éclaircirent légèrement ; Kern discerna des os jaunâtres d'une longueur impossible et une silhouette sinueuse, terminée en pointe de stylet. Il y eut un bourdonnement d'insecte. Puis l'obscurité retomba.

Kern secoua la tête ; l'air fétide menaçait de l'étouffer. Ses genoux tremblaient. Il brandit son marteau :

— Par Tyr et sa puissance divine, tu ne m'auras pas !

— *Tu te trompes, avorton !* hurla la bête avec fureur. *Mortellement* !

Un claquement retentit, comme si des os de géant se brisaient ; le sol bougea sous les pieds du jeune homme, puis se transforma en une gueule ténébreuse avide de l'engloutir.

— *Tu n'auras jamais le Marteau, jamais* !

Kern ne parvint pas à retrouver l'équilibre ; hurlant d'épouvante, il fut précipité dans une obscurité suffocante.

— Oui, joins-toi à nous ! grincèrent les spectateurs momifiés. Atteint le fond de la crevasse, et rejoins-nous dans la mort !

Un autre cri de terreur jaillit des lèvres du jeune guerrier. Les rocs qui allaient le déchiqueter n'étaient plus qu'à quelques dizaines de centimètres...

*
* *

Sans l'intervention de Listle, il serait mort. De cela, il n'y avait aucun doute. Les blessures du rêve précédent avaient été assez *réelles*. S'il était tombé sur les rochers pointus du ravin...

Mais il n'avait pas *touché* le fond, se répéta-t-il pour la dixième fois au moins. Listle avait jailli dans sa chambre et l'avait réveillé à l'instant fatidique...

« — Tu viens de me sauver la vie, Listle, lui avait-il dit, après avoir raconté son cauchemar d'une voix coupée par l'émotion. »

« — Ne t'en fais pas, avait répondu l'elfe. J'ai dans l'idée que ce ne sera pas la dernière fois... »

A la prochaine occasion, se promit le jeune homme, il résisterait et il prendrait le contrôle du rêve.

Il descendit l'escalier principal de la tour. Hier avait été une rude journée. Sa mère avait entrepris un dangereux voyage astral, dont elle n'était pas revenue. Depuis, elle était plongée dans une profonde inconscience. Allongée dans sa chambre, livide, elle restait atrocement immobile.

Aucun sort de guérison pratiqué par le patriarche Anton n'avait eu d'effet. Le diagnostic était sombre. Si Shal ne revenait pas à elle, elle dépérirait. Le Marteau de Tyr était peut-être le seul miracle capable de la ramener à la vie.

La mission de Kern n'en devenait que plus urgente.

Le jeune homme était déterminé ; il partirait au matin. Il discuta des préparatifs avec son père, omettant de mentionner son cauchemar pour ne pas ajouter au malheur qui les frappait.

Tarl était hagard ; il avait veillé la nuit entière et adressé à son dieu des suppliques restées sans réponse.

— Une dernière chose, Kern, dit son père. Il va te falloir une nouvelle arme. (Son marteau avait été détruit lors de l'affrontement avec Ravageur.) Je crains qu'un marteau ordinaire ne soit d'aucune utilité contre des ennemis surnaturels.

— Mais où trouverai-je cela d'ici demain ?

— C'est là que j'interviens..., claironna une voix. (Listle surgit du plancher, un rubis étincelant à son cou.) Allons, Kern, on n'a pas toute la journée, tu sais.

— Pour faire quoi ? demanda-t-il, exaspéré.

— Pour trouver un marteau de guerre, tête de bois !

Une heure plus tard, les deux jeunes gens parcouraient les bois, la cité de Phlan se dressant loin à l'horizon.

— Tu ne m'as jamais dit que tu avais des amis hors de Phlan, Listle.

— Tu ne me l'as jamais demandé.

— J'aurais parié que tu ferais une réponse de ce genre, grommela Kern.

L'arrière-saison, grise et morne, était voilée par les brumes. Les cavaliers chevauchaient à quelques lieues à l'est de la ville. Les rares feuilles brunes encore accrochées aux branches bruissaient comme des os dans le vent glacial.

— En fait, Kern, reprit l'elfe plus sérieusement, si je n'ai jamais fait allusion à mes amis, c'est qu'ils sont du genre renfermé. Qui plus est, ils ne portent pas les humains dans leur cœur.

— Merveilleux, soupira Kern. Comment les as-tu connus ?

— A Eternelle-Rencontre. Oh, regarde ! (Un grand aigle blanc tournoyait dans les cieux.) Est-ce l'œuvre de ton père ou celle du patriarche Anton ?

— L'un ou l'autre, ou les deux, répondit-il, haussant les épaules. Ils gardent un œil sur nous, c'est certain.

La forêt s'altéra en chemin : les arbres verdirent,

le sol se couvrit de fleurs sauvages. C'était comme une porte ouverte sur le printemps. Kern jeta un regard interloqué à sa compagne.

— Nous y sommes presque, dit-elle avec un grand éclat de rire. Tiens-toi bien et laisse-moi faire.

Ils parvinrent à un immense chêne, véritable roi de la forêt. Vingt hommes se tenant par la main suffiraient à peine à en faire le tour. Kern siffla d'admiration. L'arbre devait être millénaire !

Ils mirent pied à terre et enroulèrent les brides de leurs montures autour d'une branche. L'elfe enjamba les nœuds de racines et frappa trois coups contre l'écorce.

— Qui va là ?

Sous les yeux stupéfaits de Kern, un nœud du tronc venait de se métamorphoser en un visage dont le gros nez et les yeux verts luisaient étrangement.

— Tu sais très bien qui je suis, Whorl, s'indigna Listle. Ouvre : je veux voir Primul.

Méfiant, Whorl plissa le front :

— Comment être sûr que tu es bien Listle Onopordum ? En plus, il y a un sale bûcheron derrière toi !

— Euh..., dit Kern en se raclant nerveusement la gorge, je n'ai pas de hache...

Parler à des troncs n'était pas dans ses habitudes.

— Mouais... Tu pourrais très bien en cacher une ! reprit Whorl, son nez tressaillant nerveusement. Dès que mon attention se relâchera, tu commenceras à taillader mon chêne !

— Je perds patience, Whorl, l'interrompit Listle. Ouvre la porte... ou j'empêche la sève d'arriver jusqu'à toi !

Elle plongea la main dans la terre, sous Whorl.

— Tu n'oserais pas ! s'écria l'entité, horrifiée.

— Essaie un peu, répliqua-t-elle d'un ton dur.

— Primul en entendra parler !

— Je n'en doute pas un instant. Ouvre maintenant !

— Oh, très bien.

Le petit visage noueux se plissa de concentration : l'écorce de l'arbre glissa, dévoilant un portail circulaire.

— Merci, Whorl, dit-elle d'un ton moqueur. Tu viens, Kern ?

Il n'avait pas le choix : il la suivit dans la pénombre. Le portail se referma sur eux. L'elfe chuchota une incantation : une sphère blafarde se matérialisa au-dessus d'elle. Kern discerna un escalier menant sous la terre.

— Où sommes-nous, Listle ?

— Dans la demeure de Primul, l'elfe vert. Il est le meilleur forgeron de Féérune. Si tu as besoin d'une arme pour affronter des ennemis surnaturels, tu es au bon endroit.

Elle dévala les marches avec grâce et agilité, Kern sur les talons.

Ils aboutirent dans une immense grotte qu'éclairait une lueur émeraude ; la pièce formait un cercle parfait, la voûte étant soutenue par une complexe structure de racines. Les murs comptaient quantité de présentoirs exhibant des armes parmi les plus fabuleuses que Kern eût jamais vues : des épées couvertes de runes, des sabres, des dagues incurvées, des massues, et des centaines d'autres qu'il n'identifia pas.

Deux étincelles de lumière apparurent ; elles étaient de couleur presque identique : une aiguemarine scintillante. Elles virevoltèrent follement, s'embrasèrent et disparurent comme elles étaient venues. A leur place, l'apprenti paladin vit se matérialiser deux petits vieux à la mine bienveillante.

Menus et frêles, leur peau parcheminée se tendait sur des os fragiles. La barbe et les cheveux blancs, les mains fines, les oreilles pointues, il ne pouvait s'agir que d'elfes. Pourtant, Kern n'avait jamais entendu parler de sorciers si chenus parmi cette race.

Listle rit de bonheur :

— Brookwine ! Winebrook !

Elle les étreignit avec fougue ; ils lui rendirent ses effusions, tout sourire.

— C'est merveilleux..., commença Brookwine.

— ... De te revoir, continua Winebrook.

— ... Amie Listle, termina Brookwine.

Kern en resta bouche bée : ils avaient parlé si vite qu'on eût dit une seule personne.

— Cela fait longtemps que...

— ... Nous avons quitté la tour de Sifahir. Resteras-tu...

— ... Avec nous quelque temps,

— ... Belle Listle ?

— Je le voudrais, soupira-t-elle, mais j'ai peur que non. De tristes événements m'amènent, Brookwine et Winebrook. Cela concerne mon ami Kern, que voici.

— Ah oui, commença Brookwine, levant un sourcil neigeux. C'est le Champion...

— ... Du Marteau sacré. Nous sommes honorés...

— ... De te connaître, jeune homme.

Ne sachant ce qu'il convenait de répondre, Kern opta pour une révérence qu'il exécuta avec raideur.

— Enchanté.

Il avait du mal à les distinguer l'un de l'autre.

— Nous allons...

— ... Avertir Primul de...

— ... Ton arrivée.

Ils disparurent aussi vite qu'ils étaient apparus, toujours sous forme d'étincelles.

— Au nom du ciel, comment arrives-tu à les distinguer, Listle ?

— Où est la difficulté ? répondit-elle, l'air boudeur. Leurs yeux ne sont pas exactement pareils : ceux de Brookwine sont bleu-vert, tandis que ceux de Winebrook sont plutôt vert-bleu.

— Oh, bien sûr...

Un rugissement éclata :

— Listle Onopordum, c'est bien toi ?

L'elfe, à coup sûr le plus massif des terres du nord, venait de surgir. Il avait des traits d'une beauté frappante. Il portait de longs cheveux blonds liés par une cordelette d'argent. Une ceinture tressée de fils d'or lui ceignait la taille. Riant à gorge déployée, l'elfe géant étreignit Listle.

Kern secoua la tête, dépassé. Qui prétendait que les elfes étaient élancés et délicats ?

— Quel est le spécimen que tu as amené dans mon arbre, Listle ? demanda-t-il ensuite. (Il posa des yeux vert feuille sur Kern.) Un gosse d'humain ?

— C'est un ami, dit Listle, apaisante. Un *bon* ami. J'aimerais qu'il reste en un seul morceau.

— Comme tu voudras... Mais sache que les humains font de drôles de bruits, fort cocasses, quand on leur arrache les membres un par un.

Kern blanchit.

— Primul..., l'avertit Listle.

— Désolé. Pas de mal, hein ? fit-il à Kern, lui décochant un clin d'œil.

— N... non, bafouilla le jeune homme.

Primul les mena à une grande table, et leur offrit de l'hydromel dans des coupes d'argent incrustées de lapis-lazuli. Une vaisselle digne d'un roi...

— As-tu revu Brookwine et Winebrook ? demanda Primul, après avoir vidé sa coupe à longs traits.

— Oui, répondit-elle. Ils ont l'air en forme.

— Ils sont toujours mieux ici qu'enchaînés par Sifahir, c'est certain. Mais quelque chose me dit qu'ils ne seront plus jamais comme avant. (Sa mine s'assombrit un instant.) Dis-moi, Kern, Listle t'a-t-elle jamais contée comment elle nous a aidés à nous échapper de la tour du sorcier Sifahir ?

De quoi parlait Primul ? La jeune elfe était visiblement mal à l'aise.

— C'est ainsi que nous nous sommes rencontrés, continua l'armurier. Il y a de cela dix ans, un sorcier elfe vivait dans une île rocailleuse au nord d'Eternelle-Rencontre, le territoire des elfes. Son nom était Sifahir, et jamais on ne vit cœur si noir... Il subjuguait nombre de gens par ses artifices, puis il les utilisait jusqu'à leur dernier souffle... Il jetait ensuite sans le moindre scrupule leurs corps exsangues et flétris. (Le grand elfe secoua la tête.) Je ne vais pas t'importuner en te contant par le menu les atrocités commises par le malandrin. Tu aurais de la peine à dormir la nuit. Toujours est-il que j'eus la malchance d'attirer son attention. Les gens disaient de moi que j'étais le meilleur forgeron des Royaumes - ils avaient raison, bien sûr -, et Sifahir me voulut pour lui tout seul... Il envoya une armée de guerriers surnaturels à mes trousses. Même ma hache n'eut pas raison de ces bandits.

Son regard vert feuille se perdit dans le vide.

— Je suis resté deux siècles captif de Sifahir, contraint de forger ses armes jour et nuit pour garder la tête sur les épaules. Après les cinquante premières années, gaspillées en tentatives d'évasion plus malheureuses les unes que les autres, j'abandonnai tout espoir. Sifahir était trop puissant.

— Brookwine et Winebrook étaient aussi prisonniers ?

— Ils étaient séquestrés depuis plusieurs siècles quand je suis arrivé. Sifahir les avait enchaînés par magie aux portes de sa demeure pour qu'ils en renforcent les défenses.

L'air abattu, ce qui ne lui ressemblait guère, la

voix chargée d'émotion, Listle intervint :

— Siècle après siècle, Sifahir a corrompu leurs dons à ses fins. Comment *imaginer* à quel genre de tortures ils ont été soumis ? Qu'ils aient survécu est un miracle. Ils ont dû tirer des forces l'un de l'autre, tant et si bien que leurs personnalités ont fini par se fondre. Ensemble, ils ont réussi à survivre.

— Ce ne fut pas sans conséquences, reprit tristement Primul. C'étaient des elfes puissants et beaux. Ils sont si frêles à présent qu'une chiquenaude suffit à les renverser. Leur esprit a été profondément affecté.

L'immense forgeron agita la main, cherchant à éclaircir l'atmosphère pesante et morose.

— Mais c'est de l'histoire ancienne. Sifahir n'avait pas prévu qu'un de ses captifs serait un passe-muraille ! Listle fut la première à s'échapper de son donjon. Son talent était tel qu'elle réussit à nous délivrer aussi. Pour cela, nous sommes ses éternels débiteurs.

Listle se leva et fit une révérence :

— Tout le plaisir fut pour moi, maître-forgeron.

Pensif, Kern se gratta la tête. Il ne s'était jamais posé de questions sur le passé de l'apprentie de Shal. La voir sous un jour héroïque changeait considérablement les choses.

— Listle, comment ce Sifahir t'a-t-il capturée ?

Toute trace de gaieté s'évanouit des yeux de l'elfe ; elle blêmit, une main crispée sur son rubis. Primul la regarda, un sourcil levé.

— Ce n'est pas important, répondit-elle, crispée.

Kern n'insista pas. Un jour, se jura-t-il, Sifahir paierait pour ses crimes.

— De plus, reprit-elle avec vivacité, nous avons des affaires plus urgentes à régler. Aurais-tu oublié le Marteau de Tyr, Kern ?

Les deux jeunes gens racontèrent leur histoire.

Primul les conduisit dans une petite pièce adjacente, qu'éclairait l'âtre d'un four. L'odeur de l'acier en fusion alourdissait l'air ; toutes sortes de tenailles et d'étaux, de marteaux et de soufflets ornaient les murs.

C'était la forge du colosse.

Sur un banc de bois reposait le plus beau marteau que Kern eût jamais vu : le fer et l'argent s'épousaient en un damier marbré. Un cercle d'argent encerclait la tête de l'arme. Le manche était couvert de runes. Inutile de le prendre en main pour savoir que le marteau était parfaitement équilibré.

— C'est beau, dit Kern avec révérence.

— En fait, fit Primul, il a un défaut : j'essayais de forger un nouvel alliage d'acier et d'argent. Mais ce fut un échec. Je ne garantis pas que le marteau résistera si on donne un coup trop puissant. Mais si tu as affaire à des démons, tu ne trouveras pas de meilleure arme. Elle est à toi... (Les yeux du paladin en herbe s'embrasèrent.) ... après une petite épreuve.

— Une épreuve ?

— C'est cela. Je ne vais pas la donner au premier venu, ami de Listle ou pas. Je veux être certain que tu en es digne. Acceptes-tu ?

— Kern, intervint Listle, tu devrais savoir à quoi consiste cette épreuve avant de...

— J'accepte, l'interrompit Kern, impatient de prendre en main la belle arme. Et je réussirai ton épreuve, Primul !

— Nous verrons, répondit l'elfe.

Il alla jusqu'à une table où reposait une énorme hache couverte de runes. A la faveur du foyer écarlate, l'arme brillait d'une étrange lueur.

Nerveuse, Listle dansa d'un pied sur l'autre.

— J'aurais pu négocier pour ce marteau, tu sais, chuchota-t-elle à Kern.

— Marchander n'est pas honorable, murmura le

jeune homme.

— Paladin à la manque !

— L'épreuve est simple, reprit l'elfe d'une voix enjouée. Tout ce que tu as à faire, c'est prendre cette hache, et me décapiter.

— *Comment* ?

Kern cru avoir mal entendu.

— Je vais même m'agenouiller pour te faciliter la tâche, ajouta Primul. Je ne résisterai pas. Tu n'as qu'à manier la hache, c'est tout. Si tu es assez fort, ma tête devrait tomber du premier coup.

Listle croisa les bras, l'air soupçonneux.

— C'est cela, l'épreuve ?

— Pas tout à fait, confessa le colosse blond. Quand Kern aura abattu la hache, si je suis encore en vie, ce sera mon tour. Œil pour œil. C'est juste, non ?

— Mais mon coup te tuera, protesta Kern.

Primul haussa les épaules :

— Alors le marteau t'appartiendra. Tu ne vas pas te dédire, n'est-ce pas ?

— Jamais ! s'écria Kern.

Il avait accepté l'épreuve. Primul doutait-il qu'il ait la force de manier la hache ? C'était peut-être ça l'épreuve. En ce cas, il allait lui prouver combien il se trompait. Et tant pis pour les conséquences.

— Alors commençons !

Primul s'agenouilla, tête baissée, ses cheveux blonds bien éloignés du cou.

Kern leva la hache sans difficulté. Quel talent fallait-il pour décapiter quelqu'un ? Il savait débiter le bois. Où serait la différence pour une tête ?

— Kern, s'écria Listle désespérée, tu ne vas faire une chose pareille !

— Il semble que je n'aie pas le choix, amie. Il a ma parole.

— Vas-y, humain ! cria Primul.

Kern brandit la hache au-dessus de sa tête ; le tranchant scintilla. Le fils de Tarl visa le cou de l'elfe et prit une profonde inspiration, faisant appel à toute sa volonté.

Que Tyr me pardonne !

Il abattit la hache.

Le tranchant affûté coupa le cou de l'elfe comme du beurre.

Du sang vert jaillit ; la tête roula.

Les yeux écarquillés d'horreur, Listle réprima à grand-peine un sanglot. Luttant contre la nausée, Kern lâcha la hache ensanglantée.

— Nous avons au moins le marteau, dit-il, l'air sombre.

— A ta place, je n'y compterais pas, humain.

La tête tranchée venait de parler. Le grand corps décapité se redressa. La fontaine de sang émeraude se tarit. Le corps chercha sa tête à tâtons, la saisit et la replaça sur son cou avec un bruit de succion plutôt écœurant.

La ceinture de l'armurier brillait étrangement...

Primul rit à gorge déployée.

— A présent, l'homme, à *moi* de jouer !

CHAPITRE VII

UN SINISTRE MESSAGE

— Tu nous as trompés, Primul ! fulmina Listle.

— Comment cela, trompés ? repartit le grand elfe, jovial. M'as-tu demandé si j'avais une ceinture magique ? Absolument pas !

— Là n'est pas la question ! répliqua-t-elle, furieuse.

— Il a raison, intervint Kern.

Il avait commis l'erreur d'accepter. A lui d'en supporter les conséquences.

— La ferme, Kern ! explosa Listle. Nous savons déjà que ta cervelle est un gruyère plein de trous et de courants d'air ! Délivre-le de sa promesse, Primul !

— Très bien, cracha l'elfe vert, le regard brillant de mépris. Je te fais grâce de ta promesse, humain ; va-t'en comme un larron sans honneur !

— Non, Primul, rétorqua le jeune homme. J'ai donné ma parole. Je ne me parjurerai pas. Je sais ce que tu vas dire, Listle : j'ai une quête à accomplir. C'est vrai. Mais si je manque à mes engagements, je me couvrirai de déshonneur et je ne mériterai plus le titre de paladin. Tyr ne me laisserait jamais m'emparer du Marteau divin. Au moins... (il déglutit avec peine) mourrai-je en paladin. Tu diras à mes parents que j'ai péri sans faillir à l'honneur.

A son grand étonnement, Listle ne put protester.

— Je suis prêt, Primul.

Il s'agenouilla à son tour, tête baissée.

— Excellent, approuva l'elfe massif, hache en main.

Kern murmura une prière à Tyr. Il espérait que Tarl ne serait pas trop déçu.

L'honneur serait sauf.

— Prépare-toi à retrouver ton Créateur, humain.

Kern se força à garder les yeux ouverts. Il ne broncherait pas.

La hache siffla dans les airs. Kern fit appel à des trésors de volonté et de détermination qu'il ignorait posséder. Il ne bougea pas d'un cil.

A l'ultime seconde, l'elfe modifia la trajectoire fatale. Le tranchant effleura le cou de Kern, faisant jaillir un filet de sang. Le rire de Primul éclata dans la pièce.

— Primul, le réprimanda Listle, est-ce là ta conception de l'humour ? Laisse-moi te dire que ça ne me fait pas rire du tout !

— Cela n'a rien d'une plaisanterie, Listle. Relève-toi, Kern... Si notre jeune ami avait crié merci, ou montré le moindre signe de peur, je l'aurais joyeusement raccourci... Tu as prouvé ton courage, Kern. C'était ça, l'épreuve. Le marteau t'appartient.

Kern fut surtout heureux d'avoir encore la tête sur les épaules...

— Merci, Primul.

— Ne me remercie pas. Fais honneur à ce présent et vaincs tes ennemis. Ce sera ma récompense.

Croyant à peine à sa bonne fortune, le jeune

homme prit l'arme fabuleuse.

— Je ne te décevrai pas, Primul. Tu as ma parole.

Listle renifla, l'air sceptique.

*

* *

L'archère tendit la corde de son arc jusqu'à ce que la flèche effleure sa joue.

— Bel arc, fais que ma flèche fende les airs comme un aigle, pria-t-elle.

L'arc en bois de frêne poli sembla vibrer pour lui répondre. La femme lâcha la corde : la flèche rouge déchira le ciel gris, survolant un défilé rocheux jusqu'à une cible de paille, de l'autre côté de la prairie.

— Tu as réussi, Daile ! s'exclama son compagnon, un homme de haute taille. Tu as fait mouche à trois cents pas !

Malgré sa mine burinée, l'homme avait fière allure. Ses cheveux à mi-épaule et sa barbe taillée de près, d'un blond tirant sur le roux, étaient striés de mèches grisonnantes. Mais c'était un robuste gaillard.

— L'arc m'a un peu aidée, sourit Daile.

Durant l'été, Ren avait taillé l'arme pour elle, ajoutant une étape particulière à sa confection : il avait passé plusieurs nuits à polir le bois - choisi avec amour -, avec des pierres *ioun* magiques. L'arc y avait acquis un superbe lustré.

Ren l'avait offert à la jeune fille pour son anniversaire. L'arc avait des propriétés uniques : il permettait de mieux viser et d'atteindre des cibles très distantes.

— Un arc vaut par celui qui l'utilise, observa Ren avec un sourire. Les prochains orcs à s'aventurer dans la vallée seront surpris par des volées de flèches venues de nulle part.

— A condition que tu m'en laisses quelques-uns pour m'exercer, papa ! répondit Daile avec humour.

Les orcs qui approchaient de la vallée à moins d'une douzaine de lieues avaient du mal à garder la tête sur les épaules.

— Fais plaisir à un vieil homme, Daile. Occire des monstres est le seul amusement qu'il me reste.

Elle poussa un profond soupir, entrant dans son jeu.

— Très bien, papa... Mais les kobolds sont à moi !

— Egoïste enfant ! Tu es ma fille, rit-il, ça ne fait pas de doute !

Elle empaqueta leurs possessions et hissa sur son dos leur sac de cuir. Son père et elle partaient souvent en excursion dans la Vallée des Chutes pour y exercer leurs talents de rangers. Ren adorait explorer cette région qu'il aimait tant.

Marchant en tête, Daile sortit du sous-bois et escalada la crête de granit que Ren surnommait l'Arête de l'Orc Mort. Elle limitait à l'ouest la Vallée des Chutes, où Daile avait passé les dix-huit premières années de sa vie.

Faisant une pause, la jeune fille scruta le paysage bigarré de forêts et de clairières qui s'étendait à ses pieds. La vallée était nichée dans un profond encaissement aux parois abruptes, sculpté par un glacier antédiluvien. Au centre courait la gorge étroite où Daile aimait mettre en pratique ses talents d'archer. Au nord, le rapide dévalait un à-pic rocheux de trois cents mètres.

— Je commençais à croire que je t'avais semé, dit-elle gaiement à son père.

Ren venait de la rejoindre, hors d'haleine et en sueur malgré le froid.

— Tu sais, tu n'es pas aussi drôle que tu te plais à le croire, répliqua-t-il d'un ton acerbe. (Il se laissa tomber sur un rocher et but à la gourde qu'elle lui tendait.) Attends un peu que la vieillesse te rattrape. Tu ne t'amuseras plus autant.

Daile se mordilla les lèvres. Ces deux dernière années, son père avait changé. Il ne s'agissait pas de ses cheveux grisonnants, ou de sa mauvaise humeur, le matin, parce que ses articulations lui faisaient mal. Depuis deux ans, il était sombre et acariâtre. Un matin, il avait décidé qu'il était *vieux*. Du jour au lendemain, toutes les menues misères qui ne l'avaient jamais tracassé s'étaient donné le mot pour ralentir ses activités. La raison de ce changement brutal était limpide : il datait du jour où, ensemble, ils avaient couché une belle druidesse dans son cairn de pierres grises, près de la cascade...

— Tu n'es pas si vieux, père...

— Il est mal élevé de reprendre ses aînés, jeune dame.

Mais il ne put retenir un rire malicieux.

Ils reprirent leur route. Au sud de la cascade, ils traversèrent la forêt où, dans un petite clairière, se dressait leur logis. Ren avait repris la tête.

Un bruit furtif attira l'attention de Daile. Elle scruta les épicéas et les pins. Un instinct lui fit prendre son arc et encocher une flèche.

Elle aperçut deux yeux verts brillant dans les fourrés. Quelque chose était embusqué, attendant de les attaquer.

— Trouve le cœur, arc, murmura-t-elle.

Un chat géant à la toison fauve et aux canines redoutables apparut.

Sans hésiter, Daile visa.

— Non ! hurla quelqu'un.

Une main heurta l'arc à l'instant où elle lâchait la corde, déviant la trajectoire de la flèche. Le chat s'immobilisa.

— Qu'as-tu fait, père ?

— Silence.

Abasourdie, elle vit Ren se diriger vers le félin.

Elle encocha une nouvelle flèche, prête à tirer au premier mouvement suspect.

— Cela fait longtemps, Gamaliel, murmura Ren.

La jeune fille faillit lâcher son arc.

Une lueur étincelante nimba l'animal. Son pelage fauve parut onduler puis s'évanouir. A sa place se tenait un barbare vêtu de cuir, une épée large à la ceinture. Son regard était le même que celui de la bête.

La flèche tomba des doigts gourds de Daile.

— Salut, Ren. Salut à toi aussi, jeune fille. Ne t'inquiète pas, sourit-il, je ne t'aurais pas laissée me toucher.

— J'aimerais croire que tu me rends visite parce que je t'ai manqué, Gamaliel, mais je me ferais sûrement des illusions.

— Peut-être, ranger, répondit l'être, énigmatique.

— Père, intervint Daile, qui n'y tenait plus, que se passe-t-il ?

— Gamaliel va sûrement nous l'expliquer.

Le barbare hocha la tête.

— Evaine m'a demandé de venir te chercher, Ren. Elle a appris l'existence d'une autre Fontaine. Phlan est en grand péril.

— Encore ! s'écria Ren. Ce doit être une habitude ! Mais la nuit tombe... Allons à la maison, nous y serons mieux pour parler. Le fond de l'air est un peu frais pour mes vieux os.

Une heure plus tard, après dîner, tous trois étaient attablés autour d'une table de chêne. Le barbare aux yeux verts mettait Daile mal à l'aise.

Gamaliel leur avait expliqué les raisons de sa venue en termes succincts. Ce n'était pas la première fois que la jeune fille entendait parler des redoutables Fontaines. Elle savait que Ren avait aidé à en détruire deux.

— La Fontaine est dissimulée quelque part dans les Montagnes de l'Epine Dorsale du Monde, acheva le familier. Evaine a besoin de tes connaissances et de ton expérience. Tu reviens avec moi.

Ren eut un regard furieux, avant de se frapper le genou, étouffant un rire gras.

— Tu n'as jamais mâché tes mots, Gamaliel. Je ne vois pas pourquoi tu aurais changé.

Daile n'ignorait pas que les deux hommes n'avaient jamais été amis. Mais au fil des ans, le respect les avait tout de même unis en une sorte d'entente cordiale.

— Très bien, grommela Ren. L'hiver arrive ; les dieux savent à quel point je préférerais le passer à savourer ma bière au coin du feu plutôt que traîner mes guêtres dans la région. Mais j'irai, puisque Evaine a besoin de moi.

Daile maîtrisa son enthousiasme. Si elle savait s'y prendre, elle pourrait être de la fête...

— Bien, fut la réponse laconique de leur invité. Dis-moi, Ren, où est la druidesse Ciela ?

Le ranger se leva brusquement.

— Je dois aller débiter du bois pour le feu, murmura-t-il.

Il sortit dans la nuit.

— Ai-je dit quelque chose de mal ? s'étonna Gamaliel.

— Tu ne pouvais pas savoir... Ma mère, Ciela, est morte il y a deux ans.

La pièce abondait en objets rappelant sa douce personnalité : une chaise de branches de peuplier tressées par magie, une guirlande de houx éternellement vert sur le manteau de la cheminée, une canne sculptée qu'elle emportait toujours lors de ses pérégrinations dans les bois...

Daile baissa la tête, ses cheveux roux illuminés

par l'âtre. Pourquoi la disparition de sa mère la touchait-elle toujours autant ?

— Elle te manque, remarqua Gamaliel. C'est bien.

— Comment cela ? demanda-t-elle.

— Cela signifie qu'elle valait la peine d'être connue.

Bizarrement, ces mots simples lui redonnèrent du courage. Elle adressa un sourire reconnaissant au barbare.

Ren revint, les bras vides. Personne ne fit de commentaire.

— Sois prêt à partir à l'aube, dit-il à Gamaliel. Et Daile...

— Je sais, père, soupira-t-elle. Je réparerai les fissures dans le mur durant ton absence.

— Vraiment ? fit-il l'air rêveur, se caressant la barbe. Pourquoi pas, si c'est ce que tu veux. J'espérais que tu m'accompagnerais, mais je ne voudrais pas te priver de la joie de barbouiller les murs de boue.

Daile sentit son cœur bondir dans sa poitrine. Elle osait à peine croire à sa bonne fortune. Poussant un cri de joie, elle courut étreindre son père.

— Je t'aime ! s'écria-t-elle, déposant un baiser sur sa joue.

Ren sourit à Gamaliel :

— Parfois, avoir une fille vaut *presque* la peine...

CHAPITRE VIII

DES ALLIÉS, ANCIENS COMME NOUVEAUX

Le crépuscule tombait quand Kern et Listle franchirent les Portes de la Mort, que ne gardait aucune sentinelle. Ils prirent les rues sombres et boueuses de la ville décadente. Le brouillard et la pluie ne masquaient pas sa disgrâce ; ils en accentuaient au contraire le sordide. Un crachin glacial zébrait les édifices de taches lépreuses. Les tas de détritus, dans les caniveaux, se distinguaient à peine des cadavres dévorés par les rats. La ville exsudait le Mal par tous les pores. Les averses n'étouffaient pas les jurons et les rires diaboliques qui filtraient de fenêtres faiblement éclairées.

Le moral de Kern retomba au plus bas. Même s'il réussissait, reviendrait-il à temps pour sauver une cité vouée à la ruine ?

Les jeunes gens traversèrent une place désolée. De la fontaine de marbre où avait coulé de l'eau claire suintait maintenant une substance foncée. Pas question d'y faire boire leurs chevaux...

Des claquements de sabots retentirent dans les

airs.

Juché sur un cheval de guerre d'un noir de jais un grand chevalier fondait sur eux à toute allure.

Deux points écarlates luisaient derrière sa visière. A la place des plumes, une flamme pourpre léchait le sommet de son casque. Une fumée sulfureuse jaillissait des naseaux de sa monture infernale. Des étincelles crépitaient sous ses sabots.

L'inconnu abaissa sa lance, pressant ses étriers barbelés dans les flancs de son destrier, qui poussa un hurlement à glacer les sangs.

L'heure était à l'action.

Kern se laissa rouler sous son cheval à l'instant où le cavalier arrivait sur lui.

Essoufflé, le Champion de Tyr se redressa. A l'autre bout de la place, l'assaillant faisait demi-tour.

— Listle, fonce à la tour ! cria-t-il.

— Quoi ? répondit-elle, réfugiée de l'autre côté de la fontaine. Et te laisser t'amuser tout seul ? Tu n'y penses pas ?

Kern jura. Pourquoi ne lui obéissait-elle *jamais* ?

Le chevalier noir brandit sa lance, prêt à charger de nouveau. Le paladin en herbe n'avait nulle part où s'abriter. Surpris en pleine place, il faisait une merveilleuse cible.

— Il ne s'agirait pas d'une nouvelle épreuve concoctée par ton ami l'elfe, par hasard ? cria-t-il à sa compagne.

— Non ! l'assura-t-elle sèchement.

— Je ne le pensais pas non plus, avoua-t-il.

Le cavalier éperonna sa monture, la rage de tuer brûlant au fond de ses yeux. Les flancs du cheval se noircissaient de sang.

Fermement campé sur ses pieds, Kern saisit le marteau d'acier et d'argent et le brandit. S'il cherchait à fuir, le chevalier se régalerait de le frapper dans le dos. Il banda ses muscles...

— Kern, non ! hurla Listle.

Un mur de feu engloutit l'inconnu.

— Prends donc ça ! s'écria l'elfe.

La cavale d'onyx n'hésita pas une seconde et traversa la fournaise magique, qui s'évanouit à son passage. Ce n'était qu'une illusion ; l'inconnu ne s'y était pas laissé prendre...

Lance pointée, il chargea.

Kern n'eut jamais l'occasion de lancer son marteau magique.

Jaillie du néant, une traînée de lumière heurta le cavalier de plein fouet.

Avec un terrible hennissement, l'équidé se cabra. La lance éclata ; des étincelles s'infiltrèrent par la visière. L'inconnu poussa un cri horrible. Le cheval de guerre disparut dans un nuage de fumée âcre, précipitant son cavalier sur les pavés sales ; la flamme de son casque s'éteignit.

Prudemment, Kern approcha et tâta l'armure du bout de sa botte. Des filaments jaunâtres sortirent de la visière.

— Je crois qu'il est mort...

— Tout à fait mort, dit une voix aux accents mélodieux.

Surpris, les jeunes gens se tournèrent vers la nouvelle venue.

C'était une belle femme, aux cheveux et au regard d'un noir ardent. Ses traits finement ciselés avaient quelque chose d'aristocratique. Sa robe diaphane était légèrement translucide, sa démarche semblait gracieuse comme celle d'une biche.

L'elfe la dévisagea avec circonspection ; le jeune homme lui adressa un chaleureux sourire.

— Es-tu blessé, bon paladin ? demanda la mystérieuse magicienne.

— Non, tout va bien. Grâce à ton sortilège, je dois dire, répondit Kern, flatté. Tu es intervenue à point nommé.

— Mais nous nous en serions fort bien sortis tout seuls, intervint Listle.

— Naturellement, admit l'inconnue.

— Ton aide était la bienvenue, insista Kern pour faire oublier l'incorrection de sa compagne.

Ne pouvait-elle se montrer civile avec quelqu'un qui venait de leur sauver la vie ?

— Je suis Kern Desanea, et voici Listle Onopordum.

— Enchantée.

— Je ne sais comment te remercier... Mais si tu as besoin de quelque chose, tu n'as qu'un mot à dire.

— Assez de remerciements, répondit l'enchanteresse avec un sourire éblouissant. Ma décision de venir à Phlan ce soir a été un heureux hasard. J'arrive des Montagnes de l'Epine Dorsale du Monde, et je fais route vers le sud. (Elle lança un regard à l'inconnu terrassé.) Savez-vous qui était ce maroufle ? Ou pourquoi il vous a attaqués ?

— Quelque chose me dit que ce n'est pas sans rapport avec la quête que j'entreprendrai demain.

— Une quête ?

— Je pars à la recherche d'une relique sacrée, le Marteau de Tyr.

— Une relique sacrée ? Cela paraît terriblement important. (Elle eut l'air abattu.) Et j'imagine que vous ne pourrez pas... Oh, tant pis.

— Quoi donc ? demanda Kern.

— Ce n'est rien, vraiment...

— Dis-moi, insista-t-il doucement.

Elle hésita, puis haussa les épaules.

— Je suis venue ici, pourquoi ne pas le dire, pour convaincre des aventuriers de retourner avec moi dans les Montagnes de l'Epine Dorsale du Monde. C'est là que se trouve ma tour. Je suis une sorcière isolationniste : j'ai préféré apprendre mon art d'un vieil ermite plutôt que de suivre des cours dans une des cités côtières de la Mer de Lune. Mais des gnolls ont saccagé ma demeure. Ils ont tué mon mentor. Je n'ai pas eu le cœur de quitter la terre que j'aimais. Hélas, sans aide, je ne peux venir à bout des envahisseurs. Je suis ici pour louer les services de guerriers capables tels que vous. Mais vous êtes occupés, je vois, et...

— Un instant, l'interrompit Kern. Nous te devons une fière chandelle. Je ne saurais dire combien de temps prendra la quête, mais tu as ma promesse que, sitôt ma tâche achevée, je reviendrai te voir dans les montagnes et je donnerai une bonne leçon à ces gnolls.

Listle leva les yeux au ciel.

— Oh, seigneur ! marmonna-t-elle.

L'inconnue parut songeuse, puis éclata de rire :

— C'est très aimable à toi, paladin. En retour, je propose de t'accompagner et de t'aider à retrouver le marteau qui t'intéresse. De la sorte, je serai certaine qu'il ne t'arrive rien de fâcheux. D'accord ?

— D'accord ! sourit Kern.

En discutant des détails, le fils de Tarl sentit le moral lui revenir. Ce soir, Tymora, la déesse de la Fortune, lui souriait. La magicienne promit d'être à la tour de Denlor à l'aube suivante. Puis ils se séparèrent.

Kern lui demanda son nom au dernier instant.

— Sirana, répondit-elle de sa voix aux accents mélodieux. Mon nom est Sirana.

*
* *

Les défenses magiques de la tour avaient été conçues par le mage Denlor, puis améliorées par Shal.

Elles laissèrent les deux jeunes gens franchir leur champ de force sans encombre. S'ils s'étaient agi d'intrus, elles les auraient carbonisés.

Au sommet de la tour, Tarl veillait son épouse inconsciente. Listle alluma une bougie, mais sa lueur vacillante ne réussit pas à dissiper la tristesse ambiante.

— Comment va-t-elle, père ?

Le prêtre prit une profonde inspiration :

— Pas d'amélioration, j'en ai peur. Son état empire d'heure en heure. La dernière tentative d'Anton a eu aussi peu de succès que les précédentes. L'esprit de Shal était trop loin de son corps lorsque l'attaque s'est produite. Anton pense que son esprit, affaibli, n'a plus la force de réintégrer son enveloppe charnelle. Seul le Marteau de Tyr pourrait accomplir ce prodige.

Kern prit la main de son père. Il ne resterait plus qu'un corps flétri si...

Mais cela n'arrivera pas, se jura férocement le jeune homme.

— Maintenant, mon garçon, je discerne une lueur argent et acier à ton côté. As-tu rapporté un marteau magique ?

Les deux hommes descendirent d'un étage pour aller bavarder au coin de l'âtre. Listle monta au laboratoire, déterminée à étudier. Mais elle ne réussit pas à se concentrer. Son esprit et son cœur étaient trop tourmentés.

Fermant les yeux, elle revit la lame de la hache de Primul décrire un arc gracieux pour trancher la tête de Kern... Elle avait eu si peur. S'il avait seulement tressailli... Si Primul n'avait pas modifié la trajectoire à l'ultime seconde... Elle sentit un étau lui broyer la poitrine. Une sensation qu'elle n'avait encore jamais éprouvée.

Elle se mordit les lèvres, se reprochant sa stupidité. De tels sentiments n'étaient pas pour elle.

Volontaire, elle se concentra sur la providentielle magicienne nommée Sirana.

Quelque chose en elle lui déplaisait, à commencer par la façon dont elle s'était jetée au cou de Kern.

Elle songea à leur conversation sans parvenir à détecter un indice alarmant. Si seulement elle pouvait en discuter avec Shal...

Elle s'apprêtait à moucher la bougie quand un détail la frappa : quel être sensé s'aviserait de parcourir en robe diaphane la région séparant les glaciales Montagnes de l'Epine Dorsale du Monde de la cité de Phlan ?

*

* *

— Relève-toi, Hoag. Ils sont partis.

Deux points écarlates réapparurent derrière la visière. Le chevalier se redressa et exécuta une génuflexion, s'attirant un profond rire de gorge de sa maîtresse.

— Mon intervention ne t'a nui en rien, ainsi que je te l'avais promis, cher Hoag.

— En effet, maîtresse, quoique la douleur ait été très forte. Mais que m'importe. Comme toujours, je suis heureux de te servir.

— Excellent, Hoag.

La pleine lune avait percé les nuages, baignant la sorcière d'une lueur irréelle. Sirana ne sentait pas la froideur nocturne : la haine brûlait trop dans ses veines pour qu'elle la remarque.

— Tu as accompli ton devoir ; je te rappellerai l'heure venue. Cet idiot de paladin m'a invitée à partager sa quête, comme je l'avais prévu.

La créature siffla doucement :

— Prends garde, maîtresse. Les paladins et les prêtres peuvent sentir ta sombre nature.

— Je ne crois pas, Hoag. Une douzaine de champs de force magiques me protègent. De plus, la Fontaine de Pénombre est différente des autres. Elle est omnipotente. Si ces imbéciles perçoivent quelque chose d'anormal en moi, ce sera une puissance inhabituelle. Pourraient-ils espérer meilleure alliée ?

Sans répondre, le démon s'inclina.

*

* *

Il était près de minuit quand Kern quitta la tour de Denlor pour raser les murs des maisons dans les rues mal éclairées. Tarl s'était assoupi près de sa femme. Partir sur la pointe des pieds avait été un jeu d'enfant. En revanche, passer devant la chambre de Listle avait été plus éprouvant pour les nerfs. L'ouïe des elfes était plus fine que celle des humains, et Listle avait le sommeil léger. Rien ne l'aurait empêchée de le suivre. Tymora veillait décidément sur lui cette nuit...

Le jeune homme avait passé un manteau bleu marine sur sa tunique grise ; à la ceinture, il portait le marteau de Primul. Il se hâtait le long des rues désertes et des bâtiments à l'abandon. A minuit pile, il atteignit le cimetière de Valhingen.

Juste à temps...

C'était un des sites les plus vieux de la ville. Tarl y avait livré bataille contre un vampire et ses hordes de démons d'outre-tombe ; son père avait vu ses compagnons mourir les uns après les autres, massacrés par les zombis.

Il y avait trente ans de cela...

Kern poussa le portail rouillé. Des pierres tombales en ruine et des mausolées décadents brillaient d'un étrange éclat sous les rayons de lune. Orties et mauvaises herbes lui égratignaient les mollets au passage. Le cimetière était à l'abandon ; la vie ne valait plus rien à Phlan. Alors, honorer le souvenir des morts, il ne fallait pas y compter...

Kern se fraya un chemin dans les broussailles, en direction d'une crypte moins délabrée que les autres. Un bruit, sur sa gauche, le pétrifia. La nuque hérissée, le cœur bondissant dans la poitrine, il attendit.

Rien.

Il reprit sa progression.

Et il entendit le même bruit.

Un faible crissement... De la pierre frottant contre de la pierre.

Lentement, il se tourna.

Quelque chose remuait dans un ossuaire de marbre.

Le cercueil sculpté était légèrement entrouvert. A la blafarde clarté de l'astre de la nuit, une ombre fantomatique se levait lentement.

D'une main, Kern montra le symbole sacré de Tyr ; de l'autre, il brandit son marteau enchanté. Le spectre tendit les doigts vers lui. D'un simple contact, à ce qu'on disait, de telles créatures pouvaient vous vider de votre chaleur vitale.

— Arrière, esprit du Mal ! s'écria Kern.

Le fantôme ricana.

Il sortit du tombeau et se plaça sous un rayon de lune. Kern grogna :

— Listle !

L'elfe riait toujours.

— « Arrière, esprit du Mal » ! répéta-t-elle, en imitant ses intonations. Merveilleux, Kern ! Je suis sûre qu'un vrai spectre aurait pris ses jambes virtuelles à son cou !

Elle eut un accès de fou rire, plutôt déplacé dans un lieu pareillement sinistre.

— Silence ! s'impatienta Kern, jetant un coup

d'œil à la ronde.

Pourquoi prendre des risques inutiles ?

Listle se calma très vite. La prudence était vraiment de rigueur.

— Que fais-tu là ? chuchota-t-il sèchement.

— A ton avis, tête de bois ? Je voulais savoir ce que tu mijotais.

Kern marmonna un juron. Autant le lui dire :

— Je suis venu veiller sur la tombe de Miltiades - un des paladins les plus vaillants au monde, aussi bien il y a mille ans que lorsqu'il fut rappelé d'entre les morts pour combattre le Sorcier Rouge, peu avant ma naissance. Se recueillir sur la sépulture d'un héros est une façon de puiser des forces avant de partir pour une quête. Je ne m'attends pas à ce que tu comprennes.

— Ah non ?

— Reste hors de mon chemin, c'est tout, gronda-t-il.

— Ce serait difficile, avec tes gros sabots, grommela-t-elle.

Kern l'ignora et franchit l'arche du fameux caveau, l'elfe sur les talons. Même si le monument avait été érigé vingt-deux ans plus tôt, il semblait déjà victime du fléau qui frappait la ville. Les murs de granit couverts de mousse et l'eau stagnante en témoignaient. Un sarcophage de pierre, frappé aux armes de Tyr, dominait l'extrémité de la crypte.

— Accorde-moi une faveur, murmura Listle, les bras croisés pour contenir ses frissons. Si je meurs, ne m'enterre pas dans ce cimetière. Couvre mon corps d'une couche de feuilles et laisse-moi dans la forêt. Ce sera très bien ainsi.

— Merveilleux, grommela son compagnon. Ne pourrais-tu pas te taire deux minutes ?

Kern s'agenouilla près du sarcophage. Listle resta près de l'entrée. Tête baissée, le jeune homme tenta de faire le vide dans son esprit avant de commencer ses prières.

— Euh, Kern...

Il maugréa un autre juron.

— Que se passe-t-il encore ?

— Désolé de t'interrompre, répondit-elle, les yeux écarquillés. J'ai pensé que tu aimerais savoir que des ombres bougeaient. *Beaucoup* d'ombres. Elles viennent par ici.

Elle était sérieuse, il ne s'agissait pas d'une de ses facéties. Quand la lune perça les nuages, il hoqueta de surprise.

Une douzaine de spectres glissaient parmi les pierres tombales, le regard étincelant d'avidité.

— Des âmes en peine !

— Que faire ?

— Se préparer à les combattre. Ne les laisse te toucher à *aucun prix*, tu m'entends, Listle ? Cela leur suffit pour te paralyser...

Puissantes forces de l'au-delà, les âmes en peine étaient des esprit d'humains morts depuis longtemps, mais encore avides de goûter au vin de la vie. La présence de deux vivants les avait tirées de leur sommeil. L'heure de se nourrir était venue.

Kern empoigna son arme enchantée, ignorant si cela lui serait d'un grand secours.

Les monstres tendirent leurs bras éthérés, prêts à tuer les deux jeunes gens et à se repaître de leurs fluides vitaux.

— Que Tyr nous protège, murmura Kern.

Un éclat saphir jaillit de la crypte abandonnée.

— Ainsi soit-il, jeune paladin ! tonna une voix.

Le rayon lumineux frappa les âmes en peine. Des cris muets sortirent des corps nébuleux, tordus par l'agonie. Avec un soupir, les entités retournèrent à la terre. La lueur faiblit, sans disparaître tout à fait.

Kern et Listle firent volte-face. Ils virent deux

choses.

L'épais couvercle du sarcophage s'était entrouvert.

Ils n'étaient plus seuls.

Un homme se tenait devant eux, vêtu d'une armure d'acier poli étrangement archaïque. Elle évoquait des temps depuis longtemps révolus. Les plateaux dorés de Tyr étaient gravés sur le plastron, identifiant l'être comme un paladin. Le bouclier sans marque distinctive qu'il tenait d'une main gantée était la source de la lumière surnaturelle.

— Qui... qui es-tu ? hoqueta Listle.

En réponse, l'inconnu ôta son casque. L'elfe réprima un hurlement de terreur. Ce n'était pas un visage d'homme qui lui renvoyait son regard, mais le crâne d'un squelette hérissé de rares touffes de cheveux cassants comme des brindilles.

L'apparition semblait les regarder de ses orbites vides.

— Miltiades ! murmura Kern, effaré.

— En chair et en os, approuva solennellement le paladin mort. (Son rictus naturel s'élargit en un sourire :) Enfin, plus en os qu'en chair, pour tout dire.

CHAPITRE IX

LA QUÊTE COMMENCE

Sous une aube gris acier, le groupe se réunit dans la cour de la tour de Denlor.

Kern harnacha son palefroi blanc et s'assura que les sacoches bourrées de provisions étaient bien attachées. Listle était déjà juchée sur son cheval gris pommelé ; l'elfe ne s'encombrait jamais de rênes, de selle ou de sacoches. Par-dessus sa tunique de laine verte trop grande, d'innombrables bourses emplies de composants de sorts pendaient à sa ceinture.

Le front plissé, Kern contempla l'illusionniste aux yeux argent. Il ne se souvenait pas d'avoir demandé à la jeune fille de le suivre. Non qu'elle ne lui rendrait pas service. N'empêche. Elle aurait *au moins* pu faire semblant de s'en remettre à sa décision.

Il réalisa une autre chose :

— Euh... Seigneur Miltiades, nous n'avons pas de monture pour vous...

Le chevalier mort-vivant était aussi taciturne qu'à l'ordinaire.

— Pas besoin de « Seigneur » avec moi, Kern,

dit-il, amusé.

— Euh... Très bien, Miltiades. Dois-je aller acheter une monture ? Cela prendra quelques minutes.

— Inutile. J'ai ce qu'il faut.

D'un petit sac de velours noir, il tira une figurine d'ivoire représentant un cheval et la posa à terre. Il prononça un mot : un magnifique cheval blanc ivoire se matérialisa.

— Joli tour, approuva Listle, admirant le bel animal. Le « cheval-minute » !

— Il est bon de te revoir, Eritophenes, salua Miltiades.

L'étalon magique tapa du sabot en guise de réponse. Le sentiment était partagé.

Kern frissonna. Même si tout en Miltiades était noble et doux, il était difficile d'oublier qu'il s'agissait d'un... *mort-vivant*. Une froidure hivernale entourait le zombi, ainsi qu'une odeur de moisissure qui rappelait au jeune homme celle de la tombe. Il lui faudrait du temps pour s'y habituer.

La magicienne Sirana se découpa des ombres, juchée sur un rouan ombrageux portant une étoile blanche sur le front.

— Es-tu prêt, jeune paladin ? demanda-t-elle, souriante.

Rougissant, Kern répondit quelque chose d'inintelligible. Sirana sourit de plus belle.

Elle portait un manteau de voyage crème pardessus sa robe fine. Cela lui valut un regard de franche désapprobation de la part de l'elfe. Tarl et Anton arrivèrent à leur tour, portant des objets qui pourraient s'avérer utiles.

Les deux prêtres avaient été stupéfaits - et heureux - de revoir le fameux paladin. C'était certainement un signe des bonnes dispositions de Tyr.

— Tu es sur le point de connaître une grande aventure, Kern, dit Anton. Je voudrais partir avec toi...

— Non, patriarche. Ce n'est pas ton destin, intervint Miltiades.

— Mais vous n'êtes que quatre, protesta le vieil homme. Selon la prophétie, cinq héros doivent partir à la recherche du Marteau sacré.

— Le cinquième, nous le rencontrerons en chemin, dit Miltiades. Tyr me l'a révélé, sans me préciser de qui il s'agirait. De plus, bon Anton, quelque chose me dit que ta présence sera nécessaire à Phlan durant notre absence. Ta présence, et celle de Tarl Desanea.

Abattu, le patriarche voûta les épaules. Puis il releva la tête, souriant :

— Je ne trompe que moi-même, j'imagine. J'attrape des courbatures au bout de dix minutes de cheval. Place aux jeunes !

Tarl saisit le bras de son fils :

— Que Tyr soit avec toi, mon garçon.

— Je ferai de mon mieux, père.

— Je le sais. Shal et moi t'attendrons.

Le temps jouait contre Shal. Kern devait rapporter le Marteau avant qu'il soit trop tard. Le père et le fils s'étreignirent.

Il était temps de partir.

Les quatre cavaliers quittèrent la cour. La quête commençait.

*

* *

Le soleil était presque éclipsé par un océan de nuages ; les compagnons chevauchaient dans les rues désolées. Par un froid mordant, le gel couvrait de dentelle blanche les édifices. Le ciel plombé était morose.

Kern franchit le premier les Portes de la Mort, suivi de Sirana, et de Listle, l'air contrarié. Miltiades fermait la marche, une bannière aux armes de Tyr calée dans son étrier.

Derrière eux, Phlan s'effaça à l'horizon ; ils longèrent la côte de la Mer de Lune. Les ruines de la tour rouge se dressaient au sud-ouest, de l'autre côté d'un vaste lac. Si le traverser en bateau eût été plus court, naviguer en hiver sur la Mer de Lune était risqué. Des grains imprévisibles pouvaient rompre un mât de misaine en quelques minutes. Voyager par la côte était plus prudent, et cela leur permettrait de revoir Evaine en chemin.

Kern s'habituait à la froideur de son armure et au poids réconfortant de son marteau ; il portait en bandoulière le bouclier de Miltiades, remis par ce dernier, un témoignage insigne de la faveur de leur dieu. Listle lui avait décoché un fameux coup de coude dans les côtes pour l'aider à retrouver sa voix et à remercier le paladin d'outre-tombe comme il le devait. Le bouclier d'argent était dépourvu de toute fioriture, ainsi qu'il convenait pour un aspirant paladin. Kern choisirait son emblème le jour de sa consécration.

Si je le vois jamais..., soupira-t-il.

Au bout d'une heure, Sirana approcha sa monture de celle du jeune homme :

— Une tempête arrive de la Mer de Lune.

Kern ne pouvait se défendre d'aimer la voix mélodieuse de la jeune femme. Les mots les plus simples prenaient un tour enchanteur dans sa bouche.

— Comment le sais-tu ?

— Tu ne le sens pas ? Bien sûr que non, rit-elle une fois sa surprise passée. J'oublie parfois que tous les mages ne vivent pas dans la nature.

Elle scruta la surface tranquille de la Mer de Lune. L'eau et le ciel se confondaient en une unique grisaille...

— Il y a comme... une force dans l'air, essaya-t-elle d'expliquer. Ce soir, un manteau de neige couvrira le sol. L'orage soufflera moins fort loin de la mer. Mieux vaut s'enfoncer à l'intérieur des terres.

— Si tu estimes que c'est mieux, convint Kern. Voyons ce que Miltiades en dit.

— C'est ta quête, Kern, répondit le paladin depuis l'arrière du groupe. Nous ferons ce que tu juges le mieux...

Kern déglutit. Il avait espéré que leur prestigieux aîné dirigerait l'équipée. Il s'était trompé. Il inspira profondément. Jamais il n'aurait cru devoir donner des ordres à un héros de cette trempe.

Sirana se tourna vers Listle :

— Qu'en penses-tu ? En tant que magicienne, tu dois bien sentir les choses.

— Evidemment...

Que n'aurait-elle pas donné pour effacer le petit air supérieur de ce joli minois... Ils n'étaient pas partis depuis une demi-journée que Sirana avait déjà embobiné Kern.

— Bien, dit Sirana. Enfonçons-nous dans les terres.

— Oh, je ne sais pas, après tout, répondit Listle. J'aime assez me retrouver au milieu des blizzards, m'enfoncer dans des congères et me transformer en glaçon. Pas toi ?

— Eh bien, à vrai dire..., répondit Sirana sans le moindre sarcasme, ainsi présenté, cela paraît amusant.

Furieuse, l'elfe fit faire demi-tour à sa monture et la lança au galop.

Dérouté, le jeune homme se dit que le voyage serait long.

*
* *

— Regarde ça, dit Daile, agenouillée sur le lit de feuilles qui tapissait le sol de la forêt.

Elle dégagea un petit carré de brindilles, révélant une empreinte de sabot.

Gamaliel se pencha. Il s'était retransformé en barbare, comme chaque fois qu'il voyageait en compagnie d'autres humains qu'Evaine.

— Il a gelé cette nuit, continua Daile. L'empreinte n'a pas plus d'un quart d'heure...

— Un jeune daim rouge, acquiesça Gamaliel.

Le regard brillant, Daile prit son arc.

Le chat et elle slalomèrent silencieusement parmi les arbres aux branches nues ; Daile fit le vide dans son esprit, concentrée sur les senteurs et les soupirs des bois.

Elle est douée, pour quelqu'un d'aussi jeune, songea le familier. *Elle essaie de faire corps avec la forêt, plutôt que de la maîtriser. Oui*, décida-t-il, *elle possède le don sauvage. Elle entend la voix du vent.*

Daile se fraya un passage à travers un enchevêtrement de branches et déboucha sur une petite clairière.

Elle s'immobilisa. L'animal était beau.

Penché sur une mare, il étanchait sa soif à travers une craquelure du givre qui recouvrait l'eau. Sa robe avait la teinte des feuilles sèches ; ses bois étaient encore verts.

La jeune fille encocha une flèche et visa.

Trop tard. La bête avait senti sa présence. Elle releva vivement la tête, éclaboussant l'air de gouttelettes cristalline. Avant que Daile ait pu faire un geste, le cervidé avait bondi à l'abri. La chasseresse baissa son arc, déçue.

Un feulement rauque retentit.

Une silhouette fauve, les crocs dénudés, avait bondi.

Le cerf fit face à ce nouvel adversaire, puis tenta de fuir. Daile ne laissa pas passer sa seconde chance.

La flèche transperça le cœur affolé de l'animal qui s'effondra, foudroyé.

— Bien joué, dit la jeune fille au chat qui revenait vers elle.

— Merci, répondit Gamaliel d'une voix rauque.

Il était redevenu humain en un clin d'œil.

Ils dépecèrent la bête avec des gestes vifs et sûrs. Même si elle avait tué un magnifique animal, Daile n'avait aucun regret. La venaison leur permettrait de se nourrir sur le chemin du retour à la Vallée des Chutes, et ils en laisseraient même une partie à Gamaliel et à Evaine. La peau servirait également ; une fois tannée, Daile en ferait une paire de bottes pour Ren. Dans la forêt, la mort et la vie ne faisaient qu'un.

Une fois leur travail achevé, ils rebroussèrent chemin vers la demeure d'Evaine. Ren et la sorcière les y attendaient.

La veille, Evaine avait fait appel aux souvenirs du ranger pour tracer une carte magique des Montagnes de l'Epine Dorsale du Monde. Elle s'en servirait pour repérer la Fontaine que Shal et elle avaient découverte. L'aventure l'avait considérablement affaiblie. Elle pouvait à peine sortir de lit, encore moins entamer un périlleux périple dans une région montagneuse.

Arrivant près de la clairière, les chasseurs entendirent des éclats de voix, suivis de chocs métalliques. On se battait...

Gamaliel se métamorphosa et bondit, talonné par la jeune fille. Un étrange spectacle les attendait : quatre personnes étaient agressées par une haie d'épines !

Ce genre de phénomène ne se rencontrait qu'aux abords de la résidence d'un mage. Les buissons s'étaient déracinés pour cerner les intrus, dardant leurs épines sur eux.

Si deux des étrangers étaient en armure, les deux jeunes du groupe, moins vêtus, avaient déjà les bras en sang.

— Je ne peux pas combattre la magie qui les anime ! cria un d'eux. La sorcière qui les a placés là doit être très puissante !

Le feu jailli des doigts d'une jeune femme ne roussit même pas les végétaux.

— Attrape ça ! s'écria un chevalier, brandissant un marteau aux étranges marbrures.

Des branches claquèrent, des copeaux volèrent sous l'impact. Un autre buisson s'enroula autour des chevilles du gaillard pour le déséquilibrer. Mais à l'instant où le végétal entra en contact avec l'humain, il se mua en un réseau de toiles d'araignées bleues. Parcouru de frissons, le buisson ensorcelé se retira.

Le chevalier fit volte-face pour affronter le suivant. Daile poussa un cri en le reconnaissant :

— Kern !

Stupéfaits, les étrangers tournèrent la tête vers les nouveaux venus.

La fille du ranger n'avait plus revu le jeune homme depuis des années, lors d'une visite de ses parents dans la Vallée des Chutes. Mais il n'avait pas changé : c'était bien Kern Desanea, le fils des amis de son père.

— Gamaliel, peux-tu désactiver les défenses d'Evaine ?

Le grand chat se retransforma en barbare, puis hocha la tête.

— *Surahk !*

Les buissons réintégrèrent instantanément leur place, enfonçant leurs racines en terre. Ils frissonnèrent et s'immobilisèrent.

Soulagés, les quatre compagnons baissèrent leur garde.

Kern fronça les sourcils.

— Daile ? hasarda-t-il.

Riant aux éclats, elle lui jeta les bras autour du cou. Il lui rendit son étreinte.

— Daile, que fais-tu là ?

— Je vole à ta rescousse, dirait-on. Il est heureux que nous soyons arrivés à point nommé ! J'aurais détesté devoir expliquer à Shal et à Tarl comment leur garçon s'était fait rosser par un rosier !

— Au moins, ils n'auraient eu ni fleurs ni couronnes à envoyer aux funérailles..., railla Listle, s'attirant un regard courroucé de l'objet de ses sarcasmes.

Le compagnon de Kern avança et tendit sa main gantée :

— Cela fait longtemps, Gamaliel.

— Le fait est, Miltiades, répondit l'interpellé, une rare expression de surprise sur le visage. Evaine sera aussi heureuse que moi de te revoir.

Lentement, le chevalier leva sa visière.

Daile étouffa un cri d'horreur...

— Ne t'en fais pas, lui chuchota l'elfe d'un air conspirateur, il est plus amical qu'il n'en a l'air.

Daile réussit à approuver de la tête, espérant que l'elfe ne se trompait pas.

*
* *

Evaine avait oublié à quel point elle appréciait Miltiades. Les voyageurs la trouvèrent au coin du feu, emmitouflée dans une couverture. A sa grande joie, le paladin d'outre-temps s'agenouilla près d'elle.

— Il est bon de te revoir, belle sorcière, dit-il.

Elle frappa dans ses mains, riant pour la première fois depuis le maudit voyage astral. Ses joues pâles retrouvèrent un instant des couleurs.

— Personne ne m'appelle « belle sorcière », Miltiades ! protesta-t-elle doucement.

— Alors, c'est que tous commettent une faute, ma dame, dit-il le plus sérieusement du monde.

Listle se pencha vers Kern.

— Tu sais, tu pourrais prendre exemple sur lui en matière de galanterie, chuchota-t-elle.

— Mais je *suis* galant ! protesta-t-il.

— Si tu le dis...

Suivirent de longs échanges entre des amis qui ne s'étaient plus revus de longtemps. Ceux qui ne se connaissaient pas en profitèrent pour se présenter. A l'irritation de Kern, Daile et Listle sympathisèrent d'emblée ; elles chuchotèrent et pouffèrent de rire, lui lançant des regards en coin à tout bout de champ. *Les dieux seuls savent de quoi elles peuvent parler*, grommela-t-il intérieurement.

Deux contre un, ce n'était vraiment pas juste.

Le rire communicatif de Ren ne tarda pas à emplir la maisonnée. Comme Daile, Evaine remarqua que le décès de Ciela avaient laissé des cicatrices chez le ranger. Mais l'arrivée inopinée de Miltiades lui rendait un peu de sa jeunesse et de son entrain.

De son côté, Sirana examinait la pièce, et surtout les objets : étranges sculptures, vieux livres dorés... Evaine eut le sentiment que l'enchanteresse, sous ses allures nonchalantes, cherchait à évaluer ses pouvoirs. Elle décida de garder un œil sur l'étrangère.

Mais il y avait plus urgent.

Evaine alla retrouver Kern, isolé dans un coin tranquille.

— En m'éclipsant, j'ai pensé que je cesserais

d'alimenter la conversation des filles, expliqua-t-il, l'air gêné.

La sorcière sourit. Il y avait quelque chose d'irrésistible chez ce beau jeune homme. Silencieuse, elle rassembla son courage.

— Dis-moi, Kern, comment va Shal ?

— Eh bien, elle vit encore.

Elle soupira de soulagement.

— Mais à peine, continua-t-il. Elle n'est pas revenue à elle. Pas depuis le voyage que vous aviez entrepris. Maintenant, mère est sans connaissance, de plus en plus pâle et émaciée.

Qu'elle ait survécu à la terrible agression témoignait déjà de sa résistance. L'attaque du gardien de la Fontaine avait laissé Evaine anéantie, vidée de toutes ses forces. Dix jours plus tard, ses os lui faisaient encore mal et de larges cernes soulignaient ses yeux. La veille, voulant allumer une bougie par magie, elle avait été terrassée par la douleur et s'était évanouie.

— Nous avons de la chance que Shal soit encore de ce monde, dit Evaine. Ton ennemi est dangereux, Kern Desanea.

— Je sais... J'espère que cela n'a pas été en vain.

— Sois-en sûr. Et ne crois pas que Shal agirait autrement si on lui offrait une seconde chance, Kern. Elle connaissait les risques quand elle a entrepris le voyage astral. A ton tour, tu dois accepter de braver le danger.

— Je ferai de mon mieux.

— Bien.

La nuit tombait vite en cette saison. Tous se réunirent autour de la grande table de chêne.

— Shal et moi avons fait d'importantes découvertes, commença Evaine. Tout d'abord, quel que soit l'adversaire de Kern, il n'est pas allié aux forces qui retiennent le Marteau de Tyr. En fait, je crois que ton ennemi compte sur toi pour s'en emparer, Kern.

— Moi ?

— Tyr t'a ordonné de chercher l'arme divine, intervint Miltiades. Tu es le seul qui le puisse. Sachant que la tentative de t'enlever a échoué, il paraît évident que l'ennemi attendra que tu aies joué ton rôle avant de frapper à nouveau.

— Comment peux-tu en être si sûr ? demanda Sirana au paladin. Pourquoi ce mystérieux antagoniste ne tenterait-il pas de l'enlever une nouvelle fois ?

— Et fonder ses espoirs sur une tactique qui a déjà échoué ? railla Listle.

— Je vois...

— Continuons, reprit Evaine, irritée par les deux femmes. Shal et moi avons découvert un élément plus décisif. L'adversaire de Kern s'est allié à la créature qui garde la Fontaine magique dans les Montagnes de l'Epine Dorsale du Monde. La Fontaine dont je parle est source de pouvoirs extraordinaires. Qui plus est, elle n'est semblable à aucune de celles à qui j'ai eu affaire. Il est possible qu'elle soit *beaucoup* plus vieille que celles que j'ai détruites jusqu'à présent.

— *Car le Gardien de la Fontaine de Pénombre les attendra encore et à jamais*, cita Kern. C'est la dernière phrase de la prophétie de Baine concernant le Marteau, expliqua-t-il à Evaine.

— La Fontaine de Pénombre, répéta-t-elle. Je n'en ai jamais entendu parler. Bah... Si nous trouvons le Marteau, Kern, il faudra être prêt à subir une attaque des plus violentes au moment où tu seras le plus faible.

— Merci du conseil...

— Qu'en penses-tu, Daile ? intervint Ren, resté silencieux jusqu'alors.

— De quoi ?

— Partir pour une quête ? Je crois que nous pourrions être d'un grand secours à Kern. (Il eut un sourire malicieux.) A moins que tu préfères rentrer à la maison pour réparer les murs ?

— Que le vent fasse entrer les feuilles par centaines ! s'exclama-t-elle. Si tu veux de moi, Kern, je suis prête.

— C'est un honneur, répondit-il, souriant. Mais j'y pense... La prophétie parle de *cinq* voyageurs, pas de six.

— Oh..., fit-elle, déçue.

Kern lança à Miltiades un regard préoccupé.

— Je ne peux pas trancher, répondit le paladin. La prédiction est claire. Seuls cinq braves peuvent se rendre à la tour rouge. Pourtant, et ne me demandez pas pourquoi, je sais qu'il est *naturel* que Ren et Daile voyagent avec nous.

— C'est décidé, déclara Kern d'un ton ferme.

La jeune fille jubila. Elle aurait sa quête, après tout.

*
* *

Tard dans la nuit, Listle rejoignit Evaine, qui contemplait les flammes.

— Evaine ?

— Listle ? Qu'y a-t-il ?

— Je dois te poser une question. Que penses-tu de Sirana ? Je ne lui fais pas confiance.

Tant pis si cela lui donnait des airs de grande enfant jalouse, mais elle avait besoin de savoir si Evaine n'avait rien remarqué à propos de l'enchanteresse.

Sous le regard perçant de son aînée, la jeune elfe se sentit rougir.

— Si tu crois que j'attribue tes soupçons à de la jalousie, Listle, tu te trompes. Cette femme cache quelque chose, c'est certain. Elle n'est pas ce qu'elle dit être. Tu l'as senti, comme moi. Mais tu comprends de telles choses à la perfection, n'est-ce pas, Listle Onopordum ?

Elle blêmit. *Comment Evaine avait-elle deviné* ?

— N'aie pas peur, Listle, ton secret ne risque rien avec moi. Un conseil cependant. Plus longtemps tu te tairas, plus difficile il sera de rompre le silence. A la fin, la vérité éclatera - c'est inévitable. Ne perds pas cela de vue. (Listle hocha la tête, ébahie. *Elle savait !*) Garde un œil sur Sirana. Tu dois t'assurer qu'elle ne tente aucune vilenie.

— Je... D'accord, murmura-t-elle. Merci, Evaine.

Tremblante, elle se détourna pour cacher les larmes qui ruisselaient sur ses joues.

Une silhouette émergea un peu plus tard des ombres. L'acier brillait à la clarté lunaire ; une froidure inhabituelle le précédait, ainsi qu'une odeur de moisissure.

— Elle a encore beaucoup à apprendre, dit Miltiades.

— Donne-lui quelques années. Elle n'a pas eu assez de temps pour accepter sa vraie nature. Certainement pas autant que toi et moi.

— Tu as raison, bien sûr.

Comme c'était étrange... Le paladin était un guerrier formidable. Elle avait oublié combien il pouvait être gracieux et doux. Ce qui comptait c'était l'homme qu'il avait été de son vivant ; son aspect actuel n'était rien. Fermer les yeux et l'écouter parler suffisait à ne plus le considérer comme un spectre.

Mais l'illusion se brisait chaque fois qu'elle rouvrait les yeux et voyait les os jaunis de son visage.

— Tu devrais prendre du repos, reprit-il. Si Gamaliel découvre que tu veilles encore, il risque de t'attraper par la peau du cou et de te mettre au lit comme un chaton.

— Tu plaisantes ! Mais je ne peux pas dormir cette nuit, Miltiades. Je n'arrête pas de penser à la Fontaine de Pénombre et à son gardien. Prends ceci. (Il s'agissait d'une broche d'or ouvragée, incrustée d'un unique diamant.) J'ai un bijou identique ; la paire nous permettra de rester en contact quelle que soit la distance.

— Je ne le perdrai pas.

— Tu as intérêt ! Ces objets valent chacun une douzaine de pièces d'or. Reste sur tes gardes, mon ami...

Elle toucha doucement son gantelet... Et retira la main, brûlée par un froid intense.

Comme son visage paraissait tragique, même dépouillé de sa chair !

— Je suis désolé, Evaine, dit-il.

— Non, répliqua-t-elle d'une voix ferme, les yeux brillants. Ne sois pas désolé. Jamais. Nous sommes ce que nous sommes.

L'homme-squelette ne répondit rien...

CHAPITRE X

UNE PRÉDICTION ACCOMPLIE

Les citoyens du royaume de Myrkul entrechoquaient leurs os en une parodie de rire. Des éclats de dents pourries et des lambeaux de chair momifiée tombaient sur Kern. L'obscurité de la nef engloutit la lumière de son bouclier sacré. Le fils de Tarl secoua la tête pour chasser la puanteur et lutta pour contrôler son rêve.

— *Regarde, Champion. J'ai quelque chose pour toi* !

Comme des rideaux de velours, les ténèbres s'écartèrent, révélant un sarcophage de pierre. Un masque mortuaire se distinguait sur le couvercle : celui d'un jeune homme, les yeux ouverts sur le vide.

C'était *son* visage, réalisa Kern.

Avec un crissement d'os, l'épais couvercle pivota.

— *Viens prendre place, paladin de Tyr. Tu ne peux repousser mon présent...*

Kern fit appel à sa volonté. D'une façon ou d'une autre, il devait tourner ce cauchemar à son avantage.

— J'ai eu tort de te résister, fit-il d'une voix morne. La majesté de ta noirceur est... irrésistible.

— *Te voilà enfin raisonnable, jeune avorton*, dit la voix désincarnée.

— Jamais je n'aurais pu te tuer, continua Kern, se préparant à miser sur une intuition. Il m'était impossible d'approcher assez pour atteindre ton point faible.

— *Point faible* ? grinça l'entité. *Je suis aussi puissant que la nuit ! Je n'ai pas de point faible* !

Kern baissa la tête en une parfaite imitation de contrition.

— *Bien sûr, ô Grand Ancien ! Quel fou j'ai été de croire aux sornettes qu'on m'a contées* !

Un rire coula de la nef comme un égout qui se vide.

— *Misérable avorton ! T'aurait-on dit par hasard que tu pouvais couper le fil qui me relie à ma toile ? Comme cela paraît facile ! Quelle cruauté de la part de ceux qui t'ont menti.* (Quelque chose bougea dans le noir ; Kern distingua des membres grêles d'un blanc livide.) *Aucune magie en ton pouvoir ne pourra me couper de ma source, avorton.*

Kern sentit son espoir revenir. Dans son orgueil, la bête venait de lâcher un important secret, il en avait la conviction. Mais lequel ?

— *Assez, Champion ! Tu as perdu et ta fin est venue.*

Son espoir se mua en terreur. Des tentacules noirs rampèrent hors du sarcophage et s'enroulèrent autour de lui. Horrifié, il ne réussit pas à se libérer de leur étreinte.

— *Le triomphe est mien, enfin* !

Hurlant d'épouvante, le jeune homme fut traîné dans le sarcophage, et cloué vivant dans son propre tombeau... Il ne pouvait plus bouger. Ni respirer.

Lentement, le couvercle se remit en place...

*
* *

Cette fois, Kern dut la vie à Sirana.

Elle était penchée sur lui ; il reprit connaissance, suffoquant. Une brume incolore l'enveloppait.

— L'emprise que le gardien exerce sur tes rêves se renforce à mesure que nous approchons de la tour rouge, déclara Sirana. C'est à peine si j'ai réussi à t'arracher à ses griffes.

D'un geste de la main, elle chassa la brume qui parut laisser sur sa peau une fine pellicule d'huile.

Six jours durant, les aventuriers avaient chevauché plein sud, en direction des ruines. Chaque nuit, Kern avait été victime d'un cauchemar dont la violence allait crescendo.

— Eh bien, il n'aura plus loisir de m'envoyer ces rêves, dit le jeune homme d'une voix rauque. Nous serons à la tour aujourd'hui. Merci, Sirana.

— Tout le plaisir fut pour moi, susurra-t-elle.

Affaibli, le jeune homme se redressa. Il souffrait d'un mal de tête épouvantable, mais cette fois, il avait l'intuition de détenir un secret crucial. Il se joignit aux autres.

— Qu'est-ce qui te fait sourire ? s'enquit Evaine.

— Le gardien du Marteau m'a envoyé un autre cauchemar, cette nuit.

Miltiades tourna ses yeux morts vers lui.

— Et ça te rend heureux ? s'exclama l'elfe incrédule. Laisse-moi examiner ton casque, Kern. Il est sûrement trop serré, il t'aura fait sortir la cervelle par les oreilles.

Kern la foudroya du regard.

— Tu sais, tu pourrais me surprendre en me laissant finir ce que j'ai à dire, pour une fois.

— S'est-il passé quelque chose d'inhabituel dans ce rêve ? coupa Ren, avant que la dispute entre les deux jeunes gens s'envenime.

— Peut-être, parrain Ren, répondit Kern, passant une main lasse dans ses cheveux roux. Le gardien a dit quelque chose qui peut avoir son importance. Je dois y réfléchir pour en être tout à fait sûr.

— Alors partons, décréta le ranger.

Les six aventuriers traversèrent des plaines couvertes de neige. L'atmosphère restait froide malgré le soleil.

Ils atteignirent la tour rouge à midi.

Ils firent halte sur une colline qui surplombait une vallée en forme de bol. En son centre trônait la tour de la couleur du sang séché ; elle rappelait un gigantesque mausolée. Un grand fléau y avait été anéanti.

Un vent violent se leva.

— Je n'aurais jamais cru revoir ce lieu, murmura Ren.

En silence, ils descendirent dans la vallée. Kern gardait la main sur son marteau enchanté. Ils firent halte devant les rochers festonnés de lichen qui bordaient les décombres. Les aventuriers mirent pied à terre et attachèrent leur monture.

Listle prit une poignée de poudre argentée dans une de ses bourses.

— Elle va se coller à tout ce qui est magique, expliqua-t-elle, et elle nous aidera à éviter les pièges. Evitons ce qui scintillera. A moins que vous n'*aimiez* les surprises.

Elle fit voler sa poudre. Le vent parut en multiplier le volume ; le nuage prit de l'altitude et ne tarda pas à recouvrir l'ensemble de la structure. Listle hoqueta.

— Qu'y a-t-il ? demanda Daile, inquiète.

— La poudre - elle se colle partout ! La tour entière est ensorcelée ! Comment est-ce possible ?

Anéantie, elle s'adossa contre une roche. Le sort l'avait épuisée plus qu'elle ne l'avait prévu.

Sirana posa une main condescendante sur son épaule :

— Si tu permets, petite sœur.

S'abstenant de répondre, Listle résolut de bouder.

L'enchanteresse se campa face au vent, robe et cheveux flottants, bras en croix, et entonna une incantation. Des filaments de brume incolore sortirent du sol pour ramper parmi les pierres éparses. A l'instar de serpents éthérés, les spires brumeuses se glissèrent dans les ruines, puis disparurent.

— Les décombres se reconstruisent ! s'exclama la sorcière, surprise.

— Quoi ? demanda Ren.

— Tu as peut-être détruit la Fontaine de Ténèbres, Ren de la Lame, répondit-elle, le front soucieux, mais le sorcier qui construisit cette tour commandait d'immenses puissances. Chacune de ces roches en est encore imprégnée. La tour cherche à s'élever de nouveau dans les nues et à retrouver sa gloire passée.

— Sa *« gloire »*, observa Miltiades, songeur. Un choix de termes intéressant, Sirana.

Elle haussa les épaules :

— J'imagine que « gloire » n'est pas tout à fait le terme qui convient, vu le mal effroyable dont le Sorcier Rouge est responsable. Mais même toi, noble paladin, tu devrais admirer la loyauté de cette œuvre, qui s'évertue à se reconstruire des années après la mort de son maître.

Miltiades trouva le discours intrigant. Cette femme était un mystère. La plupart des êtres vivants émettait une forte aura qui, à ses yeux, signalait leur nature. De Sirana, il n'émanait... *rien*. Il ne détectait rien de maléfique, à la vérité. Mais il ne décelait aucune bienveillance non plus.

— Par où commencer nos recherches, Kern ? demanda Daile.

— En bas... dans les souterrains.

— Repérons les escaliers, proposa Miltiades. Du temps de la grandeur de l'édifice, un escalier de marbre rouge menait à la caverne qui emprisonnait Phlan.

— Il y a une tour de guet à l'extrémité de la structure. De là-haut, proposa Daile, nous devrions avoir une bonne vue d'ensemble.

Ren sourit fièrement.

Le père et la fille convinrent de rejoindre les autres deux heures plus tard, devant une grande statue décapitée qui se dressait près du centre du complexe. Puis les deux rangers disparurent entre les rochers.

Kern s'aventura dans les décombres, suivi de Miltiades, Sirana et Listle. L'air était lourd, le sol dur et fissuré, comme s'il avait été léché par des torrents de flammes. Des murs à demi effondrés délimitaient des pièces dépourvues de toit ; des linteaux massifs signalaient des seuils ouvrant sur nulle part. Le lichen courait sur les murs comme une maladie. Une fine poudre scintillante recouvrait tout.

— Tu as du talent, petite sœur, reconnut Sirana. Sonder une zone aussi étendue n'est pas un mince exploit. Il ne te reste plus qu'à apprendre à concentrer ton énergie. Je suis certaine qu'avec un peu d'expérience, cela viendra vite.

— Merci, Sirana, répondit Listle d'un ton glacial, ses yeux brillant de l'éclat du diamant.

Elle avait tort de se laisser exaspérer par les airs que se donnait la sorcière, mais Kern était d'une politesse si agaçante envers elle...

— Tout va bien, Listle ? s'enquit Miltiades.

Elle frissonna ; la présence d'un mort-vivant lui faisait toujours froid dans le dos.

— Lui fais-tu confiance, Miltiades ? demanda-t-elle à voix basse.

— La confiance est comme un bouclier, finit-il par répondre. Elle a deux faces. Sans ces deux côtés, il n'y a pas de bouclier. Mais pour répondre à ta question, Listle, j'ignore la réponse. Sirana nous a aidés. Jusqu'à preuve du contraire, je la considérerai comme une alliée, sinon comme une amie.

— Oh...

La réponse ne la soulageait en rien, et tous deux le savaient.

— Listle, regarde ça, dit Kern, interrompant ses rêveries.

Ils étaient face à une arche creusée dans un grand mur de pierre. La magie avait fait du beau travail. Une rune unique était gravée au-dessus du seuil.

— Je ne la connais pas, dit Listle. Mais je ne pense pas qu'il s'agisse d'un avertissement.

Sirana ne souffla mot.

— Eh bien, si cela ne laisse augurer d'aucun mal, allons-y, dit Kern.

Sirana lui emboîta le pas, suivie de Miltiades et de l'elfe.

Le seuil franchi, Listle se trouva face à un long corridor, seule. Personne en vue. Derrière elle, l'ouverture s'était évanouie. Les parois du corridor étaient luisantes et glissantes.

— Kern ! cria-t-elle à tue-tête. Miltiades !

— Listle ? (Elle entendit une voix lointaine, portée par le vent - celle de Kern.) Où est passé tout le monde ? On dirait que je suis dans un labyrinthe.

Elle comprit soudain.

— Nous avons franchi un portail magique, Kern ! Il nous a transportés chacun dans une section différente d'un labyrinthe.

La réponse du jeune paladin fut étouffée par le

vent. L'elfe cria de nouveau, mais n'obtint aucun écho. Elle espéra que les autres avaient également compris. Il fallait tenter de trouver la sortie. Listle ne put retenir un sourire. Elle adorait les dédales.

La section qu'elle emprunta se dédoubla, puis se divisa encore. Elle aboutit dans un cul-de-sac, revint sur ses pas, tourna à droite et à gauche... Sifflotant, elle commença à comprendre la configuration du labyrinthe. Cela n'aurait rien de difficile.

Le corridor qu'elle suivait s'évasa soudain pour former une petite pièce sans toit, pour l'heure occupée à se reconstruire. Des armures rouillées pendaient aux murs. Une table couverte de pièces d'or, de perles et de joyaux étincelants trônait au milieu de la chambre. Listle lui jeta un œil circonspect.

— Une rançon de roi exposée aux regards. Le piège n'est pas fin...

Elle lança un sort et détecta une barrière assez puissante pour rôtir un éléphant. Une jolie chausse-trape destinée aux voleurs avides.

— Une bonne chose que je ne sois pas vénale, s'esclaffa-t-elle.

Examinant les lieux, elle remarqua dans un coin, un coffret de bois banal. C'était l'objet le plus terne de la pièce - donc le plus intéressant à ses yeux. Le meilleur moyen de cacher quelque chose était de lui donner un aspect anodin.

Aucune magie, aucune serrure ne le protégeait. Listle souleva le couvercle.

— Voilà le *vrai* trésor ! s'exclama-t-elle, joyeuse.

Elle fourra quelques objets dans son sac, puis quitta l'endroit sans un regard en arrière.

Quelques tours et détours plus tard, elle franchit le seuil magique. Elle se rendit à l'endroit de leur rendez-vous.

Fière d'elle, elle s'assit et attendit les autres.

*
* *

— Ah, père, quel pouvoir a dû être le tien ! s'exclama Sirana, exultante.

Elle arpentait la pièce circulaire où le mage avait lancé ses sorts. Des glyphes couvraient le plafond et les murs de basalte. Des rayons rouge sang filtraient des hautes fenêtres. La pièce n'accusait aucun signe de décrépitude. C'était elle la source de la régénération spontanée des lieux.

— Notre vengeance est sur le point de s'accomplir, père... Hoag ! souffla-t-elle, invoquant l'hamatula. Viens à moi, mon chevalier noir.

— *Je viens, glorieuse maîtresse*, répondit une voix dans sa tête. *Mais patience. La nouvelle forme que tu m'as octroyée m'enchaîne à ce plan matériel. Je ne peux voyager qu'à la vitesse de ma monture, et même avec des ailes, il y a une grande distance à couvrir.*

— Alors éperonne ta monture ! gronda Sirana. Tu dois détruire le paladin Miltiades. C'est le plus puissant des imbéciles venus ici. Je refuse de laisser ce ver de terre profaner une nouvelle fois la tour de mon père ! Compris ?

— *Oui, ma redoutable maîtresse, et j'obéis...*

D'un geste, Sirana interrompit la communication. L'heure était à l'action. Hoag avait ses ordres. Elle devait contacter maintenant un être bien plus puissant qu'un démon baatezu de basse extraction.

Placée dans un cercle de protection, elle ouvrit son esprit. De toutes ses forces, elle lança un appel. Au bout de trois secondes, elle eut une réponse :

— *Que désires-tu, sorcière ?* demanda le gardien de la Fontaine.

Sa voix était si puissante que Sirana en vacilla. Elle s'arma de courage pour ne pas trahir sa faiblesse :

— Je veux *plus* de pouvoir. Le Marteau de Tyr est proche. Très proche. Je le tiendrai bientôt entre mes mains. Mais je dois avoir la force de la Fontaine de Pénombre pour me protéger de sa magie sacrée. *Maintenant* !

— *Comme tu voudras, sorcière.*

Une énergie l'envahit ; elle s'en délecta. Son cœur, ses doigts, et jusqu'aux pointes de ses cheveux crépitèrent ; c'était une sensation enivrante !

— Retourne dans ton cloaque, créature, jeta-t-elle quand le transfert fut achevé.

Le gardien obéit sans mot dire. Sirana songea aux délices que sa vengeance allait lui procurer. Des reflets rouges dansèrent au fond de ses yeux.

*
* *

— Là, tu le vois ?

Daile tendit la longue-vue à son père. De la hauteur où ils se trouvaient, les rangers avaient un aperçu plongeant sur les ruines.

— Oui, c'est l'entrée de l'escalier ; je me souviens des marches de marbre écarlate. Bien joué, Daile, sourit-il.

Elle scruta l'arche à demi formée. De frêles voûtes conféraient à l'endroit un vague aspect de cathédrale. Des douzaines de sarcophages de pierre s'alignaient le long des murs. Un mouvement furtif attira son attention ; un daim - le premier signe de vie dans les parages - s'aventura entre les ruines. La bête, visiblement perdue, approcha d'un cercueil. Le couvercle parut exploser pour livrer passage aux bras squelettiques qui l'empoignèrent. Terrifié, l'animal se débattit, mais il disparut dans la tombe de pierre, dont le couvercle se remit en place. Tout redevint silencieux.

Pâle et tremblante, Daile laissa tomber sa longue-vue. Elle expliqua à son père ce qu'elle venait de voir.

— Kern et les autres courent un grave danger, Daile. L'endroit est proche de notre lieu de rendez-vous. S'ils s'aventurent près des cercueils...

Ils dévalèrent les marches branlantes de la tour abandonnée et coururent jusqu'à la statue.

Une ombre noire voila soudain le soleil.

Relevant la tête, la jeune fille sentit le cœur lui manquer. Un étalon ailé, d'un noir de jais, piquait sur eux, un cavalier en armure sur le dos.

Ils eurent à peine le temps de se plaquer à terre ; la lance se planta à quelques doigts de la tête du ranger. L'inconnu tira sur le mors de sa monture et remonta dans les nues pour se préparer à fondre derechef sur eux.

Sans hésiter, Daile se redressa, prit son arc et décocha une flèche d'un mouvement fluide. Le projectile se planta dans le poitrail d'ébène de la bête qui poussa un hurlement d'agonie ; cavalier et monture partirent en vrille.

L'étalon noir s'embrasa en touchant terre ; le chevalier, projeté sur côté, cessa de bouger.

— Bien visé, fille...

Lentement, l'inconnu se releva, sous le regard abasourdi des rangers. Comment avait-il pu survivre à pareille chute ? Il avança, son armure retrouvant à chaque pas sa perfection brillante ; il se régénérait à vue d'œil ! Daile tira deux autres flèches qui rebondirent, inoffensives, sur la cotte de mailles du chevalier ennemi. Ren bondit devant sa fille et gronda :

— Que veux-tu ?

— Vous tuer ! répondit l'être d'une voix étrangement sifflante. J'ai reçu l'ordre d'en finir avec un paladin revenu d'entre les morts. Je balayerai la vermine qui se mettra en travers de mon chemin.

D'un geste, le chevalier empoigna une grande bâtarde d'obsidienne.

— Non, s'interposa Ren. (*Dieu, il se faisait trop vieux pour ces absurdités !*) Si tu veux te battre, adresse-toi à moi. Je te propose un combat singulier, chevalier.

— Père ! s'écria Daile, désespérée.

— Silence, fille !

— Très bien, acquiesça l'autre d'une voix rauque. Mais ce sera un duel à mort, ranger.

— Qu'il en soit ainsi.

D'un nouveau geste, leur ennemi emprisonna la jeune fille dans des cercles brumeux qui l'empêchèrent bouger.

Ren lança un regard encourageant à sa fille et sortit son épée. Sans préambule, les deux adversaires se firent face, cherchant à se jauger.

Ils exécutèrent quelques feintes préliminaires, destinées à tester les réflexes de l'autre, et à percer à jour ses faiblesses. Les lames s'entrechoquèrent rudement.

Quand Ren feignit de trébucher, le chevalier mordit à l'hameçon et plongea. Ren reprit son équilibre et s'engouffra dans la brèche. Changeant son épée de main, il sortit une dague d'une de ses bottes, qu'il darda à la jointure de deux plaques d'armure, blessant son adversaire à l'épaule. Celui-ci poussa un long cri de rage. Doté d'une force surnaturelle, il repoussa Ren des mètres en arrière après lui avoir arraché l'épée de la main.

Il se faisait *décidément* trop vieux pour ces absurdités...

— Tu m'as mis en colère, humain ! cracha le chevalier. Tu vas le regretter amèrement.

Son armure devint floue... Des écailles se découpèrent à sa place. Des piques armées de barbillons fleurirent... En quelques secondes, le chevalier noir fit place à un démon reptilien aux longs membres et aux rangées de dents coupantes comme du verre.

Ren se remit sur pied, rappelant sa dague d'un mot magique. En s'arrachant du démon, la lame fit jaillir un flot de sang noir. La créature poussa un nouveau cri de rage.

— Personne ne m'a jamais infligé une telle douleur ! Tu vas mourir pour cela, humain ! *Meurs* !

Il bondit sur sa proie.

Ren risqua un rapide coup d'œil vers sa fille ; la peur la rendait livide. Le ranger lança ses deux dagues magiques ; le démon le percuta et l'étreignit, cherchant à l'écraser sous son poids.

Quelle satisfaction que broyer l'humain entre ses bras hérissés de pointes mortelles !

Puis, bizarrement, Ren sentit l'atroce pression se relâcher. La bête baissa les yeux sur les dagues fichées dans sa chair, sur le sang qui coulait avec ses forces vitales...

— Maîtresse, sauve-moi ! hurla-t-il, pris de panique.

Aucune réponse.

La créature bascula, foudroyée. En quelques instants, son corps devint une flaque de substance noirâtre.

Les liens qui maintenaient Daile immobile disparurent. Elle se précipita au côté de son père. Blême, Ren saignait de multiples blessures.

— Daile, murmura-t-il. J'ai peur qu'il te faille continuer sans moi... La prophétie... disait vrai. Vous ne serez que cinq à pénétrer dans la tour rouge.

— Non, père...

Sa gorge se noua ; elle ne réussit plus à articuler. Il lui agrippa les mains.

— Prends mes dagues... Elles t'appartiennent maintenant, ainsi que l'arc. Je dois te dire une chose à ce propos, que j'ai tue le jour où... C'est...

Une quinte de toux l'empêcha de continuer.

— Chut, dit-elle, lissant ses cheveux blond-roux.

Il la regarda en souriant.

— T'ai-je déjà dit à quel point tu ressemblais à ta mère ?

Avant qu'elle puisse répondre, le regard de Ren se voila. C'était fini.

Daile laissa son corps à l'ombre d'un bosquet de trembles, l'espèce d'arbres que les elfes aimaient le plus. Leur nature spéciale protégerait la dépouille de son père jusqu'à son retour. Elle essuya ses larmes et chassa la douleur qui pesait sur son cœur. L'heure n'était pas aux pleurs ; ses amis couraient un grave danger.

La jeune femme glissa les dagues dans ses bottes, et, son précieux arc en bandoulière, elle repartit en courant au cœur des ruines.

*
* *

Kern fut le dernier à se libérer du labyrinthe.

— Ce n'était pas ma faute ! protesta-t-il devant les ricanements de Listle. Les murs ne cessaient de me devancer, j'en mettrais ma main au feu !

— Tout ce que tu voudras, Kern.

Miltiades approcha ; ils sentirent qu'il se passait quelque chose.

— Qu'y a-t-il, Miltiades ? demanda le fils de Tarl.

— J'ai repéré l'escalier.

Peu après, les quatre aventuriers se retrouvèrent dans le hall à demi reconstruit. Il n'y avait pas grand-chose à voir, hormis les sarcophages de pierre délimitant le périmètre. Listle et Sirana sondèrent les lieux sans rien détecter.

— Je ne *pense* pas qu'il y ait de pièges, déclara Listle d'un ton peu convaincu.

— Eh bien, voilà qui est rassurant, commenta Kern.

— Il y un moyen d'en avoir le cœur net.

— Et c'est ?

— Tu te mets là, Kern. Je te pousse dans l'escalier, et nous regardons ce qui se produit.

Il hocha la tête, distrait, sans vraiment écouter ce qu'elle disait.

— Vous ne remarquez rien d'anormal à propos de ces sarcophages ? demanda-t-il aux autres. C'est sans doute mon imagination, mais j'ai l'impression que les masques me suivent du regard...

— Tu penses être tellement digne d'intérêt ? s'enquit Sirana d'une voix chaude.

Il rougit.

— Bien sûr que non. Comme je l'ai dit, ce doit être mon imagination. Pourtant...

— Voyons cela de plus près, proposa Miltiades.

Le paladin approcha des sépultures.

— Miltiades, attention !

Tous retournèrent au cri lancé par Daile, qui accourait à toutes jambes.

— Eloignez-vous des sarcophages !

Trop tard.

Les couvercles de quatre tombeaux pivotèrent ; des mains squelettiques se tendirent avec une rapidité surnaturelle et les agrippèrent. Toute résistance fut vaine.

— Daile, que se passe-t-il ? s'écria Kern, affolé.

Il avait l'atroce impression de revivre un rêve.

— Lâche-le ! tempêta la jeune fille, cherchant en vain à trancher les os de ses dagues magiques.

Un autre sarcophage s'entrouvrit ; un nouveau squelette jaillit pour s'emparer d'elle. Les bras décharnés entraînaient inexorablement leurs captifs dans les profondeurs.

Puis les couvercles de pierre se remirent en place, étouffant les hurlements de protestation et d'épouvante des aventuriers...

CHAPITRE XI

LA ROUTE DU DANGER

Après le départ de Kern et de ses compagnons, Evaine décida qu'il était temps pour elle de se lancer dans une aventure.

Levée à l'aube glacée, elle enfila des hauts-de-chausses et une tunique de laine vert feuille. Elle tressa ses longs cheveux et les noua en chignon sur sa nuque. Croisant son reflet dans un miroir, elle vit un visage cireux aux yeux profondément enfoncés dans leurs orbites. Elle n'était pas encore rétablie de son traumatisme astral, mais le temps pressait. Il lui faudrait puiser des ressources en elle-même.

De sa minuscule poche dimensionnelle, elle tira les ingrédients nécessaires : des cristaux multicolores, des poudres iridescentes, des parchemins pliés emplis d'herbes. Elle ajouta son brasero de cuivre, et, soigneusement enveloppé de cuir, son grimoire. Elle épingla sur sa tunique la broche dont Miltiades possédait une exacte copie.

S'assurant qu'elle n'oubliait rien, elle descendit rejoindre Gamaliel devant le feu.

— *Je t'en prie, dis-moi que tu n'es pas en train de faire ce que je pense que tu es en train de faire, Evaine.*

— Tu me répètes ça lentement, Gam ? répondit-elle d'un ton léger.

— *Au cas où tu ne l'aurais pas remarqué, ton humour ne me fait pas rire.*

— Ne me rends pas responsable de ton mauvais caractère !

D'un claquement de doigts, elle fit disparaître l'escalier scintillant.

— *Tu n'es pas en état de parcourir les routes, Evaine, et encore moins de lancer ton sort de détection - ou d'affronter le gardien de la Fontaine de Pénombre.*

— Gam, soupira-t-elle, s'agenouillant face à lui, je pourrais te dire que je vais bien, que je suis aussi forte qu'avant. Ce serait un mensonge. Je ne t'ai jamais menti, Gamaliel, et je n'ai pas l'intention de commencer. (Elle soupira, le cœur lourd.) Tu as raison. Je cours un grave danger en affrontant l'ennemi dans mon état. Mais il y a des années, j'ai fait serment de ne jamais prendre de repos tant qu'il resterait une de ces sources maléfiques en Féérune, et je fais tout pour tenir parole. Je ne peux pas trahir mon serment, Gam.

Le grand chat la contempla, étrangement ému.

— *N'as-tu rien d'autre à empaqueter* ?

La sorcière rit, soulagée, avant de faire mine de s'indigner. Puis elle rassembla d'autres affaires, qu'elle enfouit dans son sac à la légèreté bien entendu surnaturelle.

— Prêt ?

— *Bien sûr. Au contraire des humains, les chats n'ont rien besoin d'emballer avant de partir. Nos vêtements et nos armes ne sont pas amovibles. C'est bien plus pratique.*

Il exhiba ses griffes aiguisées comme des lames de rasoir.

Etant une femme pratique, Evaine ne put que convenir de l'aspect commode de la chose.

Ils partirent vers le nord. Les arbres se découpaient contre le ciel hivernal comme des runes mystérieuses. Evaine et Gamaliel retrouvèrent vite leurs habitudes de voyage ; le grand chat ouvrait la marche, tandis qu'elle repérait méthodiquement les herbes intéressantes pour quelqu'un de sa profession. Elle cueillit aussi des baies de genièvre et du houx. A la fin de la journée, elle était épuisée, même si le grand air lui avait rendu des couleurs.

Gamaliel la laissa seule un moment ; elle dressa le camp sous le ramage d'un vieil arbre. Elle prépara un foyer, se demandant si elle allait l'allumer par magie ou user d'une méthode plus prosaïque. Son dernier essai, et la vive douleur qu'il lui avait occasionné, était encore frais dans sa mémoire. Et dans les jours à venir, elle devrait lancer des sorts autrement plus puissants.

Inspirant profondément, elle prononça l'incantation idoine. La vague de chaleur qui l'envahit l'affola. L'instant suivant, elle éclata de rire.

— Ne reste pas si près du feu la prochaine fois, idiote ! se tança-t-elle.

Elle soupira de soulagement : le sortilège avait fonctionné. L'arrivée de Gamaliel avec deux poissons la tira de ses pensées.

*
* *

Deux jours plus tard, ils atteignirent leur destination. La pierre dressée au milieu d'une clairière était un bloc de porphyre noir de la taille d'un homme.

Les symboles qui y étaient gravés dépassaient les connaissances de la sorcière blanche. La pierre ne paraissait pas avoir vieilli depuis la dernière fois qu'elle l'avait vue, quatre-vingt-dix ans plus tôt. C'était intéressant... Elle rechercha dans ses souvenirs une incantation qu'elle avait entendue une fois de la bouche de son premier maître, dans une langue morte et oubliée depuis des lustres. Evaine sourit. Les incertitudes faisaient tout le sel de la vie.

— *Quel est ce lieu* ? demanda Gamaliel. *Il recèle une magie antique. Je le sens.*

— C'est un très vieil endroit, répondit-elle, triant les composants nécessaires. Une poignée de ces pierres subsiste dans Féérune. Personne ne saurait dire qui les a érigées, ni pourquoi. Une chose est certaine : c'étaient de formidables magiciens. Je doute qu'un mage d'aujourd'hui soit capable d'un tel prodige.

— *Je pense que tu y parviendrais, si tu le voulais.*

Evaine lui gratta affectueusement les oreilles.

— Je me souviens maintenant de la raison pour laquelle je t'aime tant !

— *Comment pourrais-tu l'oublier* ? ronronna-t-il.

Le soleil était haut dans le ciel quand elle acheva ses préparatifs. Progressivement, la clarté du jour s'estompa, jusqu'à ce que seule la pierre noire soit encore discernable.

Evaine traça sur la pierre une grande spirale à l'aide d'une poudre de cristal et éparpilla des pétales rouges autour d'elle. Inhalant profondément, elle prit la main de Gamaliel, transformé en barbare, et lui enjoignit de ne la lâcher *sous aucun prétexte*.

Elle n'était pas certaine de se rappeler exactement du sortilège, et moins encore de la prononciation exacte. Elle s'efforça de ne pas penser aux conséquences d'une erreur. Au mieux, sa tentative échouerait. Au pire, Gamaliel et elle découvriraient quel effet ça faisait d'être *retournés* comme une crêpe.

Elle commença.

Des paroles étrangement fluides, presque inhumaines, sortirent de ses lèvres en une série de stridulations. Les syllabes étaient plus dures à articuler qu'elle ne l'aurait cru. Sa gorge lui fit mal ; elle s'obstina.

Un instant, un terrible instant, elle hésita. Les paroles du sort parurent s'envoler de son esprit. Prise de panique, elle sentit sa concentration se fissurer. Elle ne se souvenait plus !

Une présence apaisante lui rendit confiance. L'affolement vaincu, les mots lui revinrent. Elle envoya un message de gratitude à son familier.

Puis elle énonça le dernier mot du sortilège. Le monde entier fut avalé par les ténèbres.

Plus de clairière, plus de ciel. La seule sensation était un froid mordant. Evaine eut l'impression qu'une force mauvaise l'avait dépecée vive, ne laissant que ses os exposés au froid. Puis elle prit conscience d'une maigre source de chaleur dans sa main, et s'y cramponna.

Des ombres jaillirent.

Si sa langue n'avait pas été gelée, elle aurait hurlé. C'étaient des monstres : des lépreux, des corps contrefaits luisant d'un jaune putrescent, de la chair pourrie pendant par lambeaux sur des membres grêles, des yeux bulbeux couverts de mouches la regardant fixement. Les apparitions sourirent, leurs dents découvertes, une faim insatiable plaquée sur leurs traits. Evaine frissonna, révulsée.

La pression faiblit sur sa main gauche. Gamaliel ! Il hésitait à la lâcher pour prendre son épée. Il n'osait pas !

Elle resserra sa prise de toutes ses forces.

— *Non, Gamaliel !* hurla-t-elle mentalement. *Tu avais promis que tu ne me lâcherais pas* !

Elle sentit son indécision. L'essaim de bêtes malfaisantes avança, de longues langues violettes bavant une sorte de pus jaunâtre. Un instant, elle ne sentit aucune réaction chez Gamaliel. Puis ses doigts exercèrent de nouveau une pression sur les siens.

Le flot d'abominations continua son chemin. Le vacarme de leurs élucubrations était assourdissant, leur puanteur stupéfiante aurait fait fané les fleurs. Ils se tortillaient en marchant.

Ils n'effleurèrent même pas la sorcière et son familier.

Qui peuplait cette dimension inconnue, Evaine n'aurait su le dire. Mais tant qu'elle ne lèverait pas la main contre les monstres, Gamaliel et elle ne risquaient rien.

Les dernières créatures les dépassèrent, leurs chairs mortes tremblotant.

Ils furent à nouveau seuls dans les ténèbres.

L'instant suivant, l'obscurité éclata.

Un froid cinglant frappa la sorcière. Une autre pierre de porphyre se dressa dans la tourmente de neige.

— Où sommes-nous ? hurla Gamaliel par-dessus les vents.

Depuis leur promontoire de granit, Evaine contempla les landes environnantes. A perte de vue, des roches couvertes de neige semblaient monter à l'assaut des cieux bleu électrique.

Malgré le froid, elle fut envahie par l'allégresse.

— Les Montagnes de l'Epine Dorsale du Monde !

*
* *

Fatiguée, Evaine ôta la poussière de cristal de son manteau et de sa tunique.

— Ça ne sert à rien, Gamaliel. La chaîne de montagnes semble faire écran contre mon sort de détection. Les pics sont trop riches en minerai de fer et agissent comme un aimant sur un compas.

Elle se réchauffait les mains aux flammes de son brasero. Son compagnon et elle avaient gagné les flancs montagneux couverts de conifères, où le froid se faisait moins sentir. Une neige granuleuse saupoudrait le sol jonché d'épines ; les branchages les protégeaient des rafales de vents.

La nuit allait bientôt tomber.

— Tu ne peux pas du tout localiser la Fontaine ? s'enquit Gamaliel.

— Si, j'ai une vague direction. Mais je ne saurais dire à quelle distance elle se trouve.

Elle sortit d'une peau de mouton le parchemin soigneusement plié où elle avait tracé par magie la carte des lieux avec l'aide de Ren de la Lame.

Sur un mot magique, la carte se mit à briller ; un plan des environs apparut. Des cheveux argentés faisaient office de fleuves ; les forêts étaient d'un vert mousseux... Une minuscule lueur verte indiquait leur position : une vallée à l'extrémité ouest de la chaîne.

— J'ai le sentiment que la Fontaine est à l'est, dit Evaine, songeuse.

— Vers le cœur des montagnes.

— Oui... Nous pouvons suivre ce tracé en franchissant le défilé pour atteindre la vallée suivante. Une fois de l'autre côté, je lancerai encore mon sort de détection. Plus nous serons proches de la source, mieux je la localiserai.

Rassemblant ses affaires, elle repartit dans la nuit, suivie de son fidèle compagnon. Gamaliel repéra une grotte ronde, qu'il inspecta soigneusement.

Près de vieux ossements gisaient d'étranges disques de pierre lisse faits du même matériau que les parois. Œuvres de l'homme ou non, les disques ne portaient aucune inscription.

Evaine installa leur camp ; Gamaliel revint avec un lièvre dans la gueule.

— Quoi, pas de poisson aujourd'hui ? se moqua-t-elle.

— *Les fleuves sont gelés. Il faudra s'en contenter.*

— Je ferai de mon mieux...

Après dîner, elle s'absorba dans l'étude de sorts. Chaque fois qu'elle utilisait une incantation, elle en perdait le souvenir et devait la réapprendre. Mais ses pensées ne tardèrent pas à vagabonder.

La tête posée sur ses pattes avant, le félin l'observait. Une étrange tristesse, de plus en plus coutumière, dansait au fond des yeux de la jeune femme. L'air absent, elle porta la main à la broche d'or et de cristal épinglée à sa tunique.

Comment une enchanteresse de son intelligence pouvait-elle s'aveugler sur une réalité aussi simple ? se demanda le familier, perplexe.

La solitude lui pesait.

Des années plus tôt, dans une autre existence, seule la magie avait eu quelque valeur à ses yeux. Ces dernières décennies, la soif de destruction avait dévoré ses jours et ses nuits. Même une créature magique comme lui pouvait comprendre que cela ne suffisait pas.

Le pire était qu'il n'y pouvait rien...

Mais non... Il y avait peut-être une solution.

Evaine sentit une douce chaleur contre sa joue. Surprise, elle leva les yeux et sourit :

— C'est toi ! Tu t'amuses à me faire sursauter comme un crapaud... Admets-le !

Son familier s'agenouilla près d'elle, redevenu humain, l'air grave.

— Qu'y a-t-il, Gam ?

Les flammes dansaient sur ses traits finement ciselés.

— Evaine, m'aimes-tu ?

— Voyons, laisse-moi deviner, rit-elle, tu veux que je te patouille ?

— Non, Evaine. (Sa gravité l'intrigua. Il prit ses mains entre les siennes.) Ce n'est pas ce que je voulais dire. Ce que je voudrais dire... c'est que je pourrais devenir humain. *Vraiment* humain. Pour toujours...

Déroutée, la sorcière secoua la tête.

— Pourquoi diable voudrais-tu rester humain pour toujours ?

Il leva lentement les mains de sa maîtresse pour y déposer un baiser.

— Je le ferais pour toi, Evaine. Pour mettre un terme à ta solitude. Pour te rendre heureuse.

Elle commença à comprendre.

— Tu... tu renoncerais à tout ce que tu adores, à tout ce que tu *es* pour rester avec moi ?

Il hocha la tête.

— Oh, Gamaliel !

Ses joues furent vite baignées de larmes.

— Je t'ai fait de la peine, dit-il, l'air abattu. Tu ne souhaites pas m'avoir pour amant.

Elle secoua la tête, cherchant ses mots. Elle ne pleurait pas de chagrin, mais de joie. Elle étreignit le barbare de toutes ses forces.

— Ce n'est pas ça, Gamaliel ! Oui, je t'aime. Plus que tout au monde. Mais... je t'aime pour ce que tu *es*. Ne change rien, jamais. J'ai besoin de ta présence, besoin que tu m'accompagnes dans nos périples, que tu me protèges quand je lance des sorts, que tu veilles sur mes nuits... et que tu pêches du poisson pour moi quand j'ai faim. Je veux que tu saches une chose... Depuis que tu es avec moi, même si je ne suis pas toujours heureuse, je ne me suis plus jamais sentie *seule*.

Elle se pencha et l'embrassa doucement. Gamaliel reprit sa forme de félin.

— *J'ai toujours su que tu adorais le poisson !*

Elle le serra sur son cœur.

Une fois la sorcière endormie, Gamaliel s'allongea près du feu, scrutant la silhouette immobile de ses yeux verts. Il était soulagé. Il aurait fait n'importe quoi pour elle, mais vivre son existence sous une forme humaine... Pas de griffes, de petites dents inutiles, des jambes pataudes... Quel ennui !

Et pourtant, au fond de lui, Gamaliel crut sentir comme un regret...

*
* *

Minuit.

Gamaliel veillait sur le sommeil de sa maîtresse.

Dans les profondeurs de la grotte, un petit cercle écarlate se découpa dans la paroi. Un éclair, et le rond de pierre tomba à terre, comme un bouchon de bouteille. Une forme menue se glissa silencieusement par l'ouverture.

Un rat des roches.

Farouches et mystérieux, les rats des roches rappelaient des souris, à ceci près qu'ils étaient capables de creuser la pierre. En vérité, il s'agissait de créatures ensorcelées. Selon la légende, un sorcier avide avait été métamorphosé en rat par une enchanteresse furieuse. Le rat-sorcier s'était enfui dans les montagnes pour y vivre une nouvelle vie. Ses descendants avaient gardé un peu de magie en eux, ainsi qu'une trace de sa convoitise. Depuis lors, les rats des roches sillonnaient les grottes à l'affût de babioles à dérober.

Celui-ci ne faisait pas exception.

Sans un bruit, il couvrit la distance jusqu'à Evaine, attiré par les braises ardentes. Ses petits yeux de rongeur s'illuminèrent à la vue de la broche. Son museau palpita d'excitation.

En quelques coups de dents pointues, il eut décroché la belle broche de la tunique ; il se faufila jusqu'à son trou, le bijou dans la gueule. Concentré sur l'extérieur de la grotte, Gamaliel ne remarqua rien.

Couinant de joie, le rat emprunta un réseau souterrain pour atteindre son repaire ; il sortit à l'air libre.

Il ne vit jamais la chouette qui fondait sur lui.

Mais il poussa un cri de terreur quand les serres de l'oiseau se refermèrent sur son corps menu ; la broche tomba dans le précipice.

Le rongeur parvint à se libérer et à plonger dans son sanctuaire. Dépitée, la chouette reprit de l'altitude.

Le rat se tapit dans l'ombre, regardant l'oiseau nocturne s'éloigner. Enfin, il émit un petit cri de tristesse avant de regagner son antre.

En contrebas, sur une avancée rocheuse, le joyau magique scintillait sous les rayons de lune.

CHAPITRE XII

SOMBRE DESTINÉE

Avec la conscience vint une douleur atroce.

Kern avait la respiration coupée. Il ne voyait rien et ne pouvait pas bouger. L'obscurité était suffocante.

— Je dois encore rêver, chuchota-t-il d'une voix rauque.

— Tu ne rêves pas, lui répondit une voix étrange.

— Miltiades..., soupira-t-il de soulagement. Où sommes-nous ?

— Qui saurait le dire ?

— Jetons un peu de lumière sur le sujet, dit une tierce personne. *Zarjia* ! (Une pâle lueur argentée baigna les lieux.) Ce n'était pas une bonne idée... Les choses ont parfois l'air nettement mieux dans les ténèbres...

C'était Listle,

Les aventuriers étaient prisonniers d'une sorte de crypte. Des os jaunes aux tendons desséchés, servant de chaînes, les plaquaient dans des alcôves. A gauche de Kern, Daile et Miltiades se débattaient en vain ; Listle et Sirana faisaient de même à droite.

— J'ai l'impression que nous ne sommes pas les premiers hôtes de ce charmant endroit, hoqueta l'elfe.

Autour d'eux, d'autres niches s'alignaient le long des murs ; beaucoup étaient occupées par des momies figées dans des expressions de terreur : un ours-hibou, des gobelins, un cerf...

Blême, l'elfe se mordilla les lèvres :

— Sortir d'ici me semble une autre paire de manches que d'y entrer.

— Sirana, ne peux-tu rien tenter pour nous libérer ? supplia Kern.

— Pas si je suis dans l'impossibilité de bouger les mains. La magie exige une gestuelle complexe. Je ne peux pas agiter les oreilles et nous téléporter loin d'ici...

Kern eut une idée :

— Ne peux-tu pas passer au travers de tes liens, tout simplement, Listle ? Tu le fais bien avec des murs !

— J'y ai déjà pensé. Malheureusement, ce n'est possible qu'avec des objets inanimés. Et ces *choses* n'ont rien d'inanimé.

— Tu ne devrais pas t'obnubiler sur les os, Listle, suggéra Miltiades.

Son petit nez d'elfe frémit.

— Une minute ! J'ai compris ! Les *os* qui me retiennent prisonnière sont peut-être ensorcelés, mais les *pierres* ne le sont pas !

Son rubis étincela. Sans crier gare, l'elfe disparut dans le mur. De longues minutes s'écoulèrent. Elle ressortit d'une colonne de basalte ornée de gargouilles.

— Brrr ! Vous n'imagineriez pas les détritus qui

peuvent s'accumuler au cours des siècles dans des endroits pareils ! Voyons maintenant ce que je peux faire contre ces os, Kern.

L'elfe eut beau s'acharner contre les liens maléfiques, elle ne parvint à rien. En désespoir de cause, Listle disparut à nouveau... pour réapparaître derrière lui, et le tirer dans le mur !

Ce fut pire que tous ses cauchemars. Kern sentit le roc passer *à travers* son corps. Les poumons pleins à éclater, il se crut sur le point de mourir. Après une éternité, il retrouva l'air libre.

— La prochaine fois, laisse-moi crever de faim, Listle ! s'exclama Kern, dégoûté. Ce ne sera pas pire...

Il se redressa péniblement ; le visage d'une pâleur mortelle, sa compagne s'adossa contre une colonne.

— Listle, est-ce que ça va ?

— Oui, ça va.

— Tu es sûre ?

Il voulut lui serrer l'épaule ; ses doigts se refermèrent sur le vide.

— J'ai dit que j'allais bien ! rétorqua-t-elle sèchement. D'accord ? Qu'est-ce que tu attends pour t'occuper des autres avec ton précieux marteau ?

Elle disparut dans les ombres.

Kern resta bouche bée. Etait-ce son imagination ? Etait-elle vraiment immatérielle à ces moments-là ?

Secouant la tête, il revint vers ses compagnons. Un aller et retour de l'arme enchantée eut raison des liens. Listle rejoignit le groupe.

A cet instant, Kern se rendit compte que quelqu'un manquait à l'appel.

— Daile, où est Ren ?

Le regard de la jeune fille le remplit d'appréhension.

— Un démon nous a attaqués quand nous sommes sortis de la tour de guet... Ren en est venu à bout, mais... mon père est mort. Ren de la Lame est mort.

— Ce jour est bien triste pour Féérune, dit simplement Miltiades.

*

* *

— Et maintenant ? demanda Daile, passant deux flèches dans sa ceinture de cuir.

Après avoir laissé libre cours à son chagrin quelques minutes, la jeune fille, les yeux secs et froids, était plus déterminée que jamais.

— Par là, indiqua Kern.

Un son ténu semblait lui montrer la route à suivre.

— Tu entends le Marteau de Tyr, n'est-ce pas ? lui demanda Miltiades.

— Je crois...

— Ta destinée t'appelle, Champion.

Longeant un corridor qui s'enfonçait dans les ténèbres, ils débouchèrent dans une vaste pièce. Sans mot dire, Sirana invoqua une étincelle qui monta au plafond en voltigeant ; une boule de lumière illumina les lieux.

Il s'agissait d'une salle du trône. Deux rangées de colonnes couvertes de sculptures animales supportaient un dôme imposant. Une estrade centrale soutenait un trône d'onyx.

— Es-tu certain que nous sommes dans la bonne direction, Kern ? s'inquiéta Listle. Je ne vois pas d'issue.

— Je crois, oui...

Il tendit l'oreille, attentif. Soudain un autre chant se mêla à celui de la relique sacrée - ou plutôt, une sorte de grondement. A en juger par l'expression intriguée de ses compagnons, il n'était pas le seul à l'entendre. Le bruit lointain devint un cri.

Des créatures au regard vide surgirent, certaines humaines, d'autres naines ou elfiques. Toutes étaient horriblement décomposées. Une pestilence inouïe les précédait. Des os brisés perçaient leur peau marbrée, des lambeaux de chair flasque pendaient de leurs bras.

Leurs yeux s'exorbitèrent à la vue de proies vivantes.

— Des goules ! hurla Miltiades. En garde !

Créatures d'outre-tombe au même titre que les zombis, les goules étaient animées par la magie noire. Elles étaient dotées d'un goût insatiable pour la chair vivante.

Faisant tournoyer son marteau, Kern écrasa les têtes des monstres les plus proches ; Daile décocha plusieurs flèches d'affilée sans que ses cibles suspendent pour autant leur avance. Elle remit l'arc inutile sur son épaule et s'arma des dagues magiques, tranchant les bras de la première créature qui passa à sa portée.

De son épée à deux mains, Miltiades taillait dans l'essaim monstrueux. Listle donna à une dizaine de goules l'apparence de jeunes gens, humains et elfes, en s'assurant que l'illusion diffuse aussi l'odeur de la chair vivante. Abusées, les autres créatures, rendues frénétiques par l'aubaine, se jetèrent sur leurs camarades et les plaquèrent au sol pour les dévorer.

Kern perdit le compte des créatures que son fidèle marteau réduisait en bouillie. Quant à Sirana, ses éclairs magiques crépitaient sans relâche au-dessus des monstres qu'ils calcinaient. Malgré tout, d'autres arrivaient sans cesse, escaladant les tas de morts et de cendres.

Kern se demanda quand ses forces le trahiraient. Ce moment venu, d'horribles mains le traîneraient à terre pour se régaler de sa chair.

Un cri de douleur lui fit tourner la tête : Daile

vacillait, une plaie sanglante au bras. D'un bond et d'un coup d'épée, Miltiades élimina la menace la plus proche de la jeune fille. Mâchoires crispées, celle-ci poursuivit bravement le combat de l'autre main.

— On ne peut pas tenir des heures comme ça ! cria Kern en faisant exploser la cage thoracique d'un nain.

— On ne peut pas s'arrêter non plus ! rétorqua Listle.

Une poignée de monstres s'empala sur des piques rouillées qu'elle avait rendu invisibles.

— La magie noire du gardien a rappelé tous ceux qui ont péri dans la vallée, expliqua Miltiades, décapitant une femelle en robe de soie pourrie. L'endroit a toujours été un haut lieu du Mal. Des milliers de malheureux ont dû y trouver la mort.

— Il y a peut-être un moyen d'endiguer le flot, dit Sirana, même si j'espérais ne pas être contrainte d'y recourir...

Elle sortit une curieuse amulette de bois poli et pointa le doigt vers l'entrée. La voûte se voila d'orange, puis vira au rouge. De la roche fondue s'abattit sur une douzaine de goules et se solidifia. L'entrée était murée !

Les aventuriers expédièrent promptement les monstres restants, les réduisant à l'état de charognes. Epuisés, ils s'assirent sur l'estrade du trône.

— Tu nous as sauvé la mise, Sirana, haleta Kern. Pourquoi avoir attendu si longtemps ?

— J'espérais ne pas devoir me servir de l'amulette. Elle nous a sauvés, mais en nous coupant la seule retraite possible.

Ils pansèrent leurs plaies. Celle de Daile exigeait des soins immédiats. Les griffes des goules entraînaient invariablement une nécrose et un empoisonnement du sang. La victime mourait - et devenait une goule à son tour.

— Ne crains rien, Daile, la rassura Miltiades.

Entonnant une courte prière à Tyr, il invoqua une luminosité azur qui guérit instantanément la griffure.

— Merci, Miltiades.

Kern regarda ses mains, songeur. Aurait-il jamais le don de guérison ? Mais il y avait plus urgent.

— Ces murs n'ont rien d'illusoire, rapporta Listle après une inspection minutieuse. Et je ne vois pas de portes dérobées ou de passages secrets.

— Je croyais que les elfes avaient une vue particulièrement aiguisée, murmura Sirana, qui examinait une plaie sur le bras du jeune paladin.

— C'est absurde ! s'exaspéra Daile. Je ne peux pas croire que nous ayons fait tant de chemin et survécu à tant d'épreuves pour finir dans un vieux bric-à-brac d'ossements !

Elle flanque un coup de pied à une vieille table cassée ; accablée, elle alla s'affaler sur le trône d'onyx. Ses jambes pendaient dans le vide, tant il était haut. Les accoudoirs se terminaient par des griffes sataniques. Frustrée, elle les empoigna.

La griffe droite bougea.

Daile sursauta, craignant un piège. Elle s'aperçut que la griffe sculptée était retenue au trône par une charnière quasi invisible. Curieuse, elle la leva.

Un grondement sourd se fit entendre. Le trône bougea ; l'estrade pivota lentement, dévoilant un escalier souterrain.

— Je le savais ! mentit-elle avec un sourire en coin, devant la stupéfaction des autres.

*
* *

Les stridulations résonnaient plus fort dans le

crâne du jeune paladin. Ils étaient proches du Marteau. Très proches.

— Je reconnais les lieux, dit doucement Miltiades. Nous sommes près de l'endroit où Phlan fut emprisonnée par Marcus.

Le passage s'incurvait brutalement sur la gauche. Les parois et le plafond disparurent pour révéler une immense grotte baignée d'une lueur écarlate.

— Tyr ait pitié ! murmura Kern.

Devant eux ondulait un océan de morts-vivants.

Des cadavres illustrant tous les stades possibles de la décomposition grouillaient en contrebas. Ils étaient si nombreux qu'on ne distinguait plus le sol. Des momies fripées à la peau parcheminée, des zombis boursouflés traînant leurs entrailles gluantes et des bêtes squelettiques au crocs dénudés composaient le gros de la foule. Des crânes sans corps roulaient de-ci, de-là, tandis que des bras squelettiques dansaient comme des serpents au son de la flûte.

Ce devaient être les locataires des cercueils dont étaient faites les murailles, supposa Kern.

— Je vous remercie de m'avoir accompagné jusqu'ici, dit-il à ses amis.

— Tu ne penses pas continuer sans nous ? s'exclama Listle, horrifiée. Il t'est arrivé d'avoir des idées idiotes, mais là, franchement, un ogre est un génie en comparaison !

— Je dois y aller, Listle. Et vous devez remonter à la surface. C'est mon destin. Il y a sûrement une autre issue dans la salle du trône.

— Non, paladin, l'arrêta Sirana. Je t'ai fait une promesse et j'ai l'intention de la tenir.

— Je resterai à ton côté, Kern, ajouta Miltiades de sa voix sépulcrale. Tyr m'a rappelé d'entre les morts à cette fin. C'est mon devoir.

— Je ne veux pas être la seule à manquer le bal

ce soir, renchérit Daile.

Listle, vexée, leva les yeux au plafond.

— Eh bien, je n'ai pas le choix, on dirait. Compte sur moi, tête de bois.

— Merci, répondit Kern de mauvaise grâce.

Les cinq compagnons descendirent dans la fosse aux horreurs.

La foule de monstres caqueta d'excitation.

La peur quitta soudain le jeune homme. Il devait faire de son mieux, c'était tout ce qui comptait. Il murmura une brève prière à son dieu.

Hurlant de souffrance, les zombis les plus proches tombèrent en poussière.

— Kern, regarde ton bouclier ! s'écria Listle.

Le bouclier que lui avait donné Miltiades scintillait d'un éclat aveuglant.

Le paladin d'outre-tombe éclata de rire :

— Oui, Kern ! Continue : ouvre-toi à la puissance divine. Tu as fait ton premier pas vers l'état sacré de paladin. Les séides du Mal n'oseront plus se dresser contre toi.

Son propre bouclier s'embrasa d'une aura azur, ajoutant aux forces de Kern. La cacophonie des morts-vivants se mua en cris de terreur ; les monstres se piétinèrent pour essayer d'échapper aux rayons ardents qui les contraignaient à retourner pour de bon à la poussière.

Boucliers dressés, Kern et Miltiades se ruèrent à l'assaut, talonnés par Listle, Daile et Sirana. Trépignant de rage, les zombis n'osèrent pas approcher des chevaliers investis d'une puissance divine.

La grande nef leur apparut soudain.

— *Bienvenue, Champion*, dit l'entité tapie dans l'ombre. *Es-tu venu t'incliner devant moi avant d'affronter ton destin* ?

— Montre-toi !

— *Comme tu voudras*, fredonna l'être malveillant.

Les volutes de ténèbres s'écartèrent. Quelque chose avança dans la lumière.

— Un osyluth ! souffla Sirana. Un démon des Neuf Enfers comme je n'en avais jamais vu !

Les aventuriers ne parvenaient pas à détacher les yeux de l'apparition. Une peau d'un blanc laiteux se tendait sur une ossature humanoïde. Des yeux minuscules brûlaient ardemment dans un masque de cire. La queue articulée de l'être se terminait sur une pointe aux barbillons dégouttant d'une substance jaunâtre. A la faible lumière, Kern crut discerner sur l'abdomen du démon une fine chaîne d'argent qui se perdait dans les profondeurs de la nef.

— *Ta fin est proche, microbe !* cracha l'osyluth.

A une vitesse folle, le monstre décocha sur les intrus une sphère de ténèbres qui éclata en mille copeaux d'ébène. Kern cilla et vit des toiles d'araignée bleues sur son bouclier. Toujours sa résistance naturelle à la magie...

Les autres n'eurent pas cette chance. Listle, Daile, Miltiades et Sirana furent paralysés.

Kern et l'osyluth restaient les seuls libres de leurs mouvements.

— *Tu oses me résister, microbe ? Qu'importe. Je vais me repaître de ta chair !*

Il darda son aiguillon ; Kern n'eut que le temps de le dévier. Le choc s'accompagna d'une gerbe d'étincelles. Le Champion et le gardien se jaugèrent. L'osyluth tenta une nouvelle attaque que son adversaire contra du bouclier.

— *Tu es habile au combat, voleur.*

— Pourquoi m'appelles-tu ainsi ?

— *C'est ce que tu es*, répliqua mentalement le démon. *Tu es venu voler ce qui ne t'appartient pas.*

— Le Marteau est à Tyr !

— *C'est un mensonge, microbe. Il y a une éternité, Tyr vola le Marteau à mon maître, Baine. C'est lui qui le forgea. L'arme n'appartient pas à ton dieu maudit.*

— Tu mens ! cria Kern.

— *Non, avorton. Tu sais au fond de toi que c'est la vérité.*

Kern secoua la tête. L'osyluth mentait !

Ou disait-il vrai ?

Le doute s'insinua dans son cœur. La lumière émise par son bouclier vacilla, puis disparut. Poussant un cri de rage, l'apprenti paladin le laissa choir pour reprendre son marteau :

— Tu mens, démon !

Il porta un nouveau coup, mais glissa sur des pièces éparses.

Comme dans son cauchemar.

Riant à gorge déployée, la bête se rua sur lui, dard pointé pour lui porter le coup de grâce.

— *Et maintenant, Champion, c'est ici que ta quête s'achève* !

Quelque chose de fin et d'argenté ondulait... La chaîne - ou plutôt, comprit le jeune homme en une fraction de seconde, *une sorte de fil*. Cela aussi avait appartenu à son cauchemar !

En un clin d'œil, il sut ce qu'il lui restait à faire. Désespéré, il tendit les doigts en direction du marteau. Se redressant au moment où le démon lui portait un coup fatal, il lança l'arme sur le fil d'argent.

Il y eut un éclair aveuglant. Hurlant de douleur, l'osyluth dut reculer. Le marteau enchanté explosa entre les mains du jeune paladin ; des éclats d'acier et d'argent jaillirent dans toutes les directions. Quand Kern put de nouveau voir ce qui se passait, le cœur lui manqua : le fil d'argent n'était pas rompu.

Il voyait à présent que le démon était relié à une gigantesque toile, au fond de la nef. C'était à coup sûr la source de son pouvoir, un secret que la créature avait trahi à son corps défendant. Un objet métallique était englué au centre de la toile : le Marteau de Tyr, sans l'ombre d'un doute.

L'osyluth partit d'un rire machiavélique.

— *De mieux en mieux, microbe. Il serait encore plus délectable de t'écraser avec le Marteau que tu as cherché, si je l'osais...*

Dans son exultation, le monstre ne réalisa pas l'erreur qu'il venait de commettre.

Il n'osait pas toucher le Marteau ! Si cette arme avait été forgée par Baine, pourquoi son serviteur aurait-il craint de la saisir ?

C'était la preuve de son mensonge. Le Marteau était la propriété du dieu de la Justice.

L'osyluth fit claquer sa queue et ses barbillons empoisonnés près de la gorge de Kern.

Une image traversa l'esprit du jeune homme...

L'espace d'une seconde, il fut de nouveau à Phlan, dans la tour parentale, assis au coin du feu, en compagnie de Tarl et de Listle. Son père parlait...

« — ... Aussi loin que je le lançais, il revenait toujours dans mes mains quand je le rappelais... »

— *La victoire est mienne* ! cria l'osyluth d'une voix stridente.

Kern ferma les yeux. Il lui restait une dernière chance.

— *Reviens !* cria-t-il en esprit. *Reviens* !

Avec un bruit grinçant, le Marteau s'arracha des fils de la toile. Il traversa les airs pour venir se nicher dans la main du champion de Tyr.

A l'instant où le dard de la bête s'abattait sur lui, Kern pivota et lança le Marteau contre la toile. Ranimée par le contact d'un fidèle de Tyr, l'arme sacrée s'empourpra ; la toile fut réduite en cendres.

— *Non !* hurla l'osyluth, terrifié. *Ce n'est pas possible* !

Une traînée azur serpenta jusqu'au démon par l'intermédiaire du fil qui le reliait à la toile ; il se tordit de souffrance.

Kern rappela l'arme divine à lui.

— Il est temps que tu rejoignes ton maître, cracha-t-il.

Le Marteau percuta l'entité en pleine poitrine. Dans un roulement de tonnerre, elle éclata en une pluie de fragments osseux et de lambeaux de peau fripée.

Les cauchemars de Kern venaient de prendre fin.

*
* *

Derrière les ruines de la tour rouge, le soleil s'abîmait dans un océan de nuages noirs.

Epuisé, Kern était assis sur un rocher avec ses amis. Leur paralysie avait cessé au moment de l'anéantissement du démon. Les morts-vivants, au même instant, étaient tombés en poussière. Une fois la toile détruite, rien ne pouvait subsister du Mal.

— Tu sais, ce n'était pas si minable, dit Listle. Pour un ogre à tête de bois, évidemment.

— Tu es par trop injuste, illusionniste, la réprimanda gentiment Sirana. Te voici un véritable héros, Kern. Penses-tu que je pourrais toucher le Marteau ? C'est mon unique chance d'approcher une relique...

— Bien sûr, Sirana. Je n'aurais jamais réussi sans toi.

Il décrocha l'arme de sa ceinture. A la lueur crépusculaire, les runes se détachaient sur l'acier sans défaut.

Le doute s'empara de Listle.

— Kern, ne le lui donne pas ! cria-t-elle soudain.

Trop tard.

Il lui tendit le Marteau.

Sans hésiter, Sirana le lui arracha.

Elle cria de douleur, prise au dépourvu.

— Par tous les diables, ça brûle !

Sa peau cuivrée commença à se boursoufler et à fumer. Deux moignons jaillirent de son dos et se déployèrent pour former des ailes noires de vautour. La créature qui se matérialisa à la place de la belle magicienne n'était plus humaine. Des crocs aiguisés comme des lames jaillirent de sa gueule ; ses doigts se muèrent en serres. Ses ailes battirent furieusement, faisant circuler un air puant.

— Une érinye ! s'écria Miltiades, levant son épée.

— Oh, vil paladin, ne me trouves-tu pas jolie sous mon véritable aspect ? Tu peux en rendre responsable mon père, le Sorcier Rouge Marcus ; le sang démoniaque ne se mélange pas bien, mais je n'ai que faire de la beauté ! C'est un manteau utile, que je jette comme un vieux chiffon quand il ne me sert plus. Le pouvoir, voilà ce qui compte pour moi !

— Celui du Marteau de Tyr, notamment, observa Kern, qui se penchait pour le ramasser.

— Oui ! siffla-t-elle. Et je *l'aurai*, sale gosse ! Tout comme je me vengerai de toi et de Phlan ! (Elle tourna ses yeux meurtriers sur Miltiades.) Tu paieras pour avoir assassiné mon père ! Vous paierez tous !

— Mais tu as échoué, Sirana, lui rappela Listle d'un ton dur.

— Crois-le si cela te plaît, elfe, cracha l'érinye. Mais je suis loin d'avoir fait appel à toutes mes ressources. Vous ne viendrez jamais à bout d'une puissance telle que la Fontaine de Pénombre ! Jamais ! La vengeance m'appartient !

La demi-démone recula.

— Ne la laissez pas s'échapper ! cria Daile.

L'érinye saisit l'amulette de bois qu'elle portait en

pendentif et s'évanouit dans les airs. La flèche de Daile mordit le vide.

Sirana avait disparu.

CHAPITRE XIII

SERMENTS DE VENGEANCE

Dans une antichambre du temple, à la lueur vacillante des chandelles, le patriarche Anton observait sœur Sendara, l'augure de la confrérie, qui maniait des runes entre ses doigts effilés. Les galets patinés portant les symboles sacrés tombèrent sur un plateau d'argent. La prêtresse étudia le dessin formé par le hasard.

— Que vois-tu du futur de notre temple, sœur Sendara ? demanda Anton.

— Il y a de mauvaises configurations, dit-elle finalement.

— Mais encore ?

— Une ombre approche du temple de Tyr. (Les yeux de Sendara brillaient comme des éclats d'obsidienne.) Un ancien ennemi, plus fort que par la passé, s'apprête à attaquer. Nous serons bientôt englouti par un océan de ténèbres.

— Tu en es sûre ?

Mains sur les hanches, front plissé, l'ancienne prêtresse se redressa :

— Je n'invente pas tout ça pour créer des effets dramatiques, tu sais !

— Je sais, Sendara, soupira-t-il. Ce sont de pénibles nouvelles, voilà tout.

— Comme les jours qui s'annoncent... Mais il y a plus, Anton. Phlan a une longue histoire de troubles et d'épreuves derrière elle. Mais aucune ne fut ni ne sera aussi décisive. Si nous ne résistons pas à ce nouveau fléau, tout sera perdu.

— Que veux-tu dire, Sendara ?

— Si le temple tombe avant que le Marteau soit restitué, Phlan tout entière est perdue. *Pour toujours.*

Resté seul, le vieux patriarche se sentit glacé jusqu'aux os - et pas seulement à cause du froid.

Comment Kern et les autres s'en sortaient-ils ?

Sur une inspiration, il se rendit dans les appartements, au dernier étage du temple. Les vêpres étaient passées ; on avait allumé des bougeoirs dans les corridors. Il frappa à une petite porte de bois et entra. Quelques jours auparavant, Tarl Desanea avait transporté son épouse dans le sanctuaire de Tyr.

— N'as-tu reçu aucun signe, aucune communication de nos voyageurs, Tarl ? Rien de la part de Tyr ?

— Rien, je n'ai rien perçu...

Après une brève hésitation, Anton lui rapporta le présage de sœur Sendara.

Tarl tourna ses yeux morts vers lui.

— Phlan sera perdue ? railla-t-il. Si Kern ne revient pas, ma *famille* sera perdue. Si Kern périt, mon épouse est perdue. Il ne me restera personne.

Anton fronça les sourcils. Son ami s'enfonçait dans le désespoir ; il fallait y mettre un terme.

— Il y a d'autres êtres en dehors de tes bien-aimés, prêtre de Tyr. Que le Champion l'emporte ou soit vaincu, le temple, lui, *doit* rester inviolé. Nous devons être prêts pour la bataille qui s'annonce.

— Ah oui ? reprit Tarl d'une voix rauque. Et comment doit se battre un prêtre aveugle, Anton ? Frère Dameron aura-t-il l'obligeance de guider mes coups ? Non, ma bataille est ici...

Anton ne put en supporter davantage :

— Ne me parle pas de tes batailles privées, Tarl. J'ai vu tomber nos frères et nos sœurs sous les coups d'êtres maléfiques. J'ai vu d'infâmes fièvres pourrir leurs dépouilles en une heure, ou des flammes ardentes les dévorer en une minute parce que le temple ne disposait plus de bouclier de protection. Quand tu as survécu, mon cœur s'est gonflé de joie. J'ai eu l'espoir que Phlan l'emporterait contre les démons de la nuit. Je vois maintenant que je me trompais... (Il se retourna, l'air sombre, et se dirigea vers la porte.) Nous t'avons bel et bien perdu, après tout, frère Tarl.

Le patriarche sortit, claquant l'huis derrière lui.

Tarl serra les poings. De quel droit Anton lui parlait-il sur ce ton, comme s'il s'adressait à un simple aspirant ? Pourquoi Anton refusait-il d'admettre qu'il ne pouvait plus rien pour défendre le temple, et encore moins sa femme et son fils ?

La rage qu'il éprouvait mourut.

Un écho lui revint à la mémoire : « *N'oublie jamais, mon époux. Tu es le même ; tu n'as pas changé.* »

— Je *suis* différent, Shal, chuchota-t-il à la belle endormie. Et je ne serai plus jamais le même.

*
* *

Dans les entrailles de la chaîne montagneuse, un hurlement de fureur rebondissait à l'infini sur les stalactites étincelantes.

Une créature hideusement contrefaite clopinait sur des pattes griffues, ses ailes noires agitées de soubresauts.

— Je l'avais ! fulminait Sirana. Je le tenais entre mes mains !

Elle contempla les serres noueuses qui avaient été de jolies mains de femmes quelques instants plus tôt. Un autre cri de rage retentit.

Quelque chose bougea sous la surface métallique de la Fontaine.

— *Tu aurais dû te douter que l'aura divine du Marteau détecterait le Mal*, dit une voix venue des profondeurs.

— Et pourquoi n'as-tu pas daigné me faire part de cette information ? tempêta la demi-érinye.

— *Tu* n'as pas daigné me le demander.

— Misérable ver de terre ! Tu oses te moquer de *moi* ?

Elle leva une griffe, prête à déclencher une pluie de stalactites.

— *Jamais, sorcière*, gémit le gardien. *Baigne tes mains dans mes eaux : je vais soulager tes douleurs.*

Momentanément radoucie, Sirana s'agenouilla et fit ce qu'il lui disait. Des dizaines d'étincelles enveloppèrent ses membres supérieurs, comme des comètes miniatures. Un étrange picotement la parcourut. Elle ôta précipitamment ses bras de la Fontaine...

... Et contempla, stupéfaite, ses ravissantes mains parfaitement formées. Elle n'avait plus mal.

Le reste de son corps, hélas, restait repoussant. Toute la magie du monde ne changerait pas *cette* réalité. La Fontaine le pourrait. Quelle gloire serait la sienne le jour où elle aurait la beauté de sa mère !

— *Je ne le peux pas, sorcière. A moins que tu veuilles t'immerger entièrement.*

Un instant, Sirana fut tentée.

Un instant seulement.

— Bien joué, monstre. Je t'ai dit que je ne te libérerai pas tant que je n'aurai pas le pouvoir nécessaire pour détruire Phlan. (Une pluie de stalactites aiguisées s'abattit sur la Fontaine.) J'exige que tu tiennes parole et que tu me débarrasses de cette ville une fois pour toutes !

— *Comme tu voudras, grande enchanteresse ! Bois, et reçois les forces de la Fontaine !*

Un calice d'argent se matérialisa au-dessus de la surface. Elle l'attrapa et but la coupe jusqu'à la lie. Sirana vacilla, le cœur cognant sourdement dans sa poitrine. Une énergie magique d'une puissance inimaginable courut dans ses veines, la transportant littéralement. Exultante, elle reçut la connaissance. Une goutte du breuvage lui avait permis de discerner les myriades infinies des ténèbres, et d'invoquer un Traqueur de Rêves, venu d'un monde infiniment distant. Elle pouvait à présent modeler l'obscurité, lui donner une forme et lui insuffler l'esprit du Mal.

— *Oui, sorcière. Tu as la possibilité de créer ta propre armée à l'image de ta fantaisie débridée. Elle te servira avec les pouvoirs de la pénombre !*

— Je vais inventer mes légions ! L'armée des Ombres !

Sans perdre de temps, ses mains et son intelligence s'activant, elle façonna une terrible créature à partir de la texture de la nuit : de longs bras musclés, un groin de chacal aux crocs acérés, une queue souple terminée par des piques et des lames tranchantes.

Elle recula pour admirer le travail : un démon comme les Neuf Enfers n'en avait encore jamais vu.

Son seul but : satisfaire Sirana.

Au moment où elle allait créer un nouveau monstre, elle sentit un picotement curieux, comme si on l'observait.

— Qu'est-ce que c'était ? demanda-t-elle au gardien.

— *Un ennemi parcourt les montagnes à notre recherche.*

— Quoi ? Montre-moi !

La surface tourbillonna, une vision se forma : un torrent de montagne, une femme aux longs cheveux châtains avançait dans les rochers, un grand chat fauve sur les talons.

— Evaine !

— *La sorcière traque les Fontaines comme une chouette les souris. Elle veut détruire la nôtre, maîtresse. J'ai déjà senti ses sorts de détection. Je pensais lui avoir assené un coup assez fort pour être débarrassé d'elle.*

— Apparemment, tu as échoué, cracha-t-elle. Je vais devoir m'en occuper moi-même. Et je crois avoir trouvé le moyen, ajouta-t-elle, les lèvres retroussées sur un cruel sourire. (Elle ferma les yeux.) Viens à moi, Traqueur de Rêves. Entends la voix de ta maîtresse !

Des lambeaux d'ombres voltigèrent ; Sirana plongea les mains pour saisir un mince fil noir. Elle tira de toutes ses forces. Le tourbillon explosa ; la forme éthérée du bastellus se matérialisa.

— Qu'attends-tu de moi, maîtresse ?

— Cette femme est mon ennemie, cracha Sirana, désignant la vision. Repais-toi d'elle jusqu'à ce que sa raison ait disparu. C'est compris ?

Le bastellus nommé Soupir acquiesça. Il sentait la puissance qui émanait de la femme aux longs cheveux. Sur une révérence, il se fondit dans les ombres.

Sirana éclata de rire, triomphante.

Comme de minuscules étoiles, des étincelles assorties aux lueurs qui brillaient au fond de ses yeux coururent sur sa peau.

*
* *

Le gardien laissa Sirana à son exultation et replongea dans les profondeurs de la Fontaine.

La demi-érinye, à son insu, était de plus en plus dépendante de la magie de la Fontaine. Il n'avait été que trop heureux de lui faire boire une autre coupe, qui augmenterait sa soif. Ses abominables désirs iraient croissant. C'était désormais une question de temps : l'irrépressible besoin de s'immerger dans la Fontaine l'emporterait. L'instant venu, lui serait libéré. Et l'insupportable demi-démone le remplacerait.

Quel bonheur ce serait que voler à nouveau ! Quels ravages il pourrait semer dans son sillage ! La haine qu'éprouvait Sirana n'était rien en comparaison de la sienne. Son horreur de Phlan avait crû au cours de siècles d'emprisonnement, à mesure que grandissaient ses pouvoirs. Une fois libérée, la puissance de la créature serait à la mesure de sa haine. Phlan paierait...

Bientôt...

Très bientôt !

*
* *

Kern avait toujours pensé que le jour où il récupérerait le Marteau divin lui verrait un cœur empli d'allégresse. Malgré l'arme qui battait contre son flanc, il n'avait pas le goût à fêter quoi que ce soit.

Regroupés dans le bosquet de trembles, les compagnons se recueillaient sur la dépouille de Ren. Les premiers rayons de lumière coupèrent les arbres en oblique, rebondissant contre la fine poussière neigeuse du sol.

L'air hivernal était mordant.

— Use à bon escient des armes de ton père, déclara Miltiades, solennel. Tu es à présent Daile de la Lame.

— Non, dit-elle doucement, son regard bleu froid comme la mort. Ces dagues m'ont protégée dans la tour rouge, mais elles appartenaient à mon père. A lui, et à lui seul.

S'agenouillant, elle les glissa dans les bottes du mort. Puis elle encocha une flèche rouge qu'elle lança dans les airs avec un grand cri.

Soudain, les lames vibrèrent ; leur garde s'ouvrit et les deux pierres lisses qui y étaient cachées s'élevèrent pour orbiter autour de la tête de la jeune fille.

— Ce sont les pierres *ioun* de Ren, dit Miltiades.

Daile hocha la tête ; elle connaissait leur histoire. Une femme nommée Tempête les avait volées. Elle avait été le grand amour de son père, avant d'être assassinée par le Seigneur des Ruines, le dragon qui avait cherché à contrôler la Fontaine de Lumière trente ans plus tôt.

Les pierres *ioun* adhérèrent au bois de l'arc, qui vibra un instant. Daile comprit que les gemmes magiques constituaient l'ultime présent de son père.

Les épaules tendues, elle abaissa l'arc.

— Désormais, je serai Daile de la Flèche Rouge.

Les autres hochèrent la tête, inquiets de la férocité de sa voix et de son regard.

Sans mot dire, elle retourna au campement.

Après un morne repas dont il n'avait que faire, Miltiades tira une broche d'une bourse de cuir.

— Evaine me l'a donnée, expliqua-t-il, afin que nous restions en contact. Elle sera heureuse d'apprendre que tu as retrouvé le Marteau, Kern. Et désolée de la mort de Ren.

Le paladin mort prononça le mot magique qui éveillait le pouvoir du joyau. Le cristal étincela ; une vision dansa sur ses facettes - celle d'un pic escarpé battu par les vents. Nulle trace d'Evaine.

— Où est-elle ? demanda Kern.

— Je l'ignore. Si l'autre broche était en sa possession, elle m'aurait répondu.

— Elle a dû la perdre, intervint Listle, inquiète. Mais où ? Ce n'est pas la forêt où elle vit.

— Ce sont les Montagnes de l'Epine Dorsale du Monde, dit Daile. Je les reconnais à la carte qu'Evaine avait faite avec l'aide de mon père.

D'un autre mot magique, Miltiades redonna son aspect anodin à l'objet.

— Cela signifie une seule chose, observa-t-il. Evaine se trouve dans ces montagnes.

— Mais pourquoi ? demanda Kern.

— Ne comprends-tu pas ? reprit l'elfe. Elle veut détruire la Fontaine de Pénombre ! Débarrasser Féérune de ces sources maléfiques, c'est toute sa vie ! Nous aurions dû nous douter qu'elle allait tenter une folie de ce genre !

— Eh bien, Evaine sait peut-être ce qu'elle fait, dit Kern. Après tout, personne à des milliers de lieues à la ronde n'en connaît plus long qu'elle sur le sujet.

— C'est vrai, approuva Miltiades. Mais aussi sage soit-elle, elle ignore que Sirana tire sa puissance de la Fontaine. Je doute qu'elle s'attende à affronter une autre sorcière, qui plus est, à demi démoniaque et nourrie par la magie de la Fontaine de Pénombre.

— Alors nous devons partir l'avertir ! s'écria le fils de Tarl.

Miltiades leva un gantelet :

— Tu oublies, Kern, que les montagnes sont à dix jours d'ici. Evaine localisera la Fontaine bien avant nous, même si nous crevons nos chevaux. Du reste, elle peut l'avoir déjà repérée.

— Nous devons l'avertir, insista Kern.

— J'ai peut-être ce qu'il faut, intervint Listle, allant à son paquetage. J'ai trouvé ceci hier, dans le labyrinthe. Je me suis dit que cela pourrait nous rendre un fier service.

Elle sortit deux objets cylindriques de sa sacoche, et déroula le premier : un tapis aux couleurs vives.

— Il me manque peut-être des éléments, dit Kern, sceptique, mais je ne vois pas en quoi des tapis vont résoudre nos problèmes.

— Tu n'as aucune imagination, Kern, soupira-t-elle. (Elle claqua des doigts : le tissu s'éleva à quelques centimètres du sol, ses franges dorées flottant au vent.) Ce sont des tapis *volants* ! Que feriez-vous sans moi, je me le demande ! triompha-t-elle.

— Je n'ose l'imaginer, dit Miltiades avec une pointe d'ironie.

Kern n'aurait rien tant aimé que rejoindre ses parents, mais il savait qu'il était impératif de prévenir Evaine.

Le problème des chevaux fut vite résolu : le paladin d'outre-tombe murmura quelque chose à l'oreille d'Eritophenes, son étalon. L'animal enchanté alla danser près du gris pommelé de Listle. Une brume pâle entoura le cheval, qui se mit à scintiller et à rapetisser.

Eritophenes répéta le même processus avec les autres, qui furent vite transformés en miniatures vivantes par son souffle ensorcelé. Le cheval magique de Miltiades subit le phénomène en dernier.

Le paladin mort réunit les montures dans une bourse.

— Si seulement je pouvais faire ça avec Kern quand il ne se montre pas coopératif..., dit Listle, songeuse.

— Tu sais, Listle, grogna l'intéressé, tu n'es pas aussi drôle que tu veux le faire croire.

— Qu'est-ce qui te fait penser que je plaisantais ?

Ils levèrent rapidement le camp et s'installèrent sur les tapis volants. Au dernier instant, Daile hésita.

— Je suis désolé, Kern, je ne peux pas venir avec vous. Pas encore. Je dois ramener mon père dans la Vallée des Chutes. Je sais qu'il aurait aimé reposer au côté de ma mère.

Kern acquiesça gravement. Il détestait se séparer d'elle.

— Prends un des tapis, Daile, proposa Listle. Nous tiendrons largement sur un seul. Du moins, ajouta-t-elle avec un regard appuyé à l'intention du jeune paladin, si ce grand balourd n'accapare pas toute la place.

— Prends-le, Daile, répéta Kern. Et dès que tu le pourras, rejoins-nous dans les montagnes.

— C'est promis.

Sur un signal de l'elfe, le tissu ensorcelé prit de la vitesse en direction du nord.

Daile regarda ses compagnons disparaître à l'horizon. Un vent glacé se leva, fouettant sa frange blond-roux. Elle se tourna vers l'aube naissante.

— Je jure de te venger, père, murmura-t-elle. Avec le ciel pour témoin, j'en fais le serment.

Daile de la Flèche Rouge tourna le dos à l'orbe éclatante du disque solaire, et se dirigea vers le bosquet de trembles.

CHAPITRE XIV

CURIEUSES RENCONTRES

— J'ignore ce qui m'a pris, Gamaliel.

Evaine se releva péniblement de sa couche, le regard blessé par l'éclat du matin. C'était le troisième jour d'affilée qu'elle se réveillait avec l'impression d'avoir passé la nuit à livrer des batailles sans fin. Le teint cireux, les yeux enfoncés dans les orbites, même manger lui demandait un effort surhumain.

— *Tu es trop dure envers toi-même*, transmit Gamaliel. *Que tu le veuilles ou non, le froid te transperce.*

— Ça m'est égal, prétendit-elle, transie jusqu'aux os malgré son manteau.

— *Tu n'as jamais su mentir.*

— Manque d'entraînement, peut-être, répliqua-t-elle, malicieuse.

Sans appétit, elle devait manger pour conserver des forces. Le but était proche, elle en avait la conviction. Ces jours derniers, elle avait lancé plusieurs fois le sort de détection. Recouper les lignes vertes qu'elle traçait par magie sur la carte ensorcelée délimiterait avec exactitude l'emplacement de la Fontaine. Ce n'était plus qu'une question de temps.

Restait à espérer qu'elle serait suffisamment forte, le moment venu.

Miltiades et les autres s'en sortaient-ils bien ?

Quand ses doigts se portèrent à sa broche, ils rencontrèrent le vide. Elle soupira. Comment avait-elle pu la perdre ?

Elle devait renoncer à contacter ses amis.

A midi, la forêt se fit moins dense jusqu'à révéler une plaine semée de grands galets qui aboutissait au pied d'une falaise. Le torrent avait creusé un ravin dans la paroi à pic. Les deux compagnons entreprirent l'escalade du défilé.

Evaine comprit très vite qu'on les avait précédés. Une faible piste, marqué de cairns, était reconnaissable. La sorcière aperçut les vestiges d'un temple, à trois cents mètres au-dessus d'eux, dans un encaissement naturel. Le toit avait disparu, mais plusieurs colonnades subsistaient, battues par les vents.

Qui avait bâti pareil édifice religieux en des temps reculés ? Le site avait dû être consacré ; il planait une étrange sérénité sur les vieilles pierres.

— *La piste mène au temple*, remarqua Gamaliel.

Evaine crut entendre le tonnerre.

— Attention !

Un immense roc se détacha et dévala le ravin, pulvérisant les autres rochers au passage. Gamaliel bondit ; tous deux roulèrent de côté, évitant d'un cheveu une mort atroce.

A peine relevés, ils entendirent un second bloc dévaler la pente. Mieux préparés, ils l'évitèrent avec moins de mal. Le troisième les obligea à se réfugier derrière un gros rocher. La sorcière grimpa au faîte d'un vieux cèdre noueux pour avoir un meilleur point de vue. Ce qu'elle découvrit la stupéfia.

— Je pense avoir trouvé la source de ces avalanches.

Au bord de la falaise, en surplomb, une silhouette colossale vaguement humaine faisait basculer d'énormes rocs par-dessus un parapet.

— *Qu'est-ce que c'est, Evaine* ?

— Je pense que c'est un golem de pierre.

— *Un golem* ?

— Une créature composée de matière inerte, animée par magie - bois, fer, argile, ou comme c'est le cas ici, pierre. Autrement dit, un être invulnérable et très fort.

— *Tu ne saurais pas, par hasard, pourquoi il joue à ce petit jeu* ?

— Ce sont des entités dépourvues d'âme, dit-elle, songeuse. Ils exécutent les ordres de leur créateur à la lettre. En l'occurrence, il est possible que son maître lui ait donné pour mission de veiller sur le temple. Un glissement de terrain a dû détruire la moitié de l'édifice...

— *Mais le golem de pierre a continué de « veiller sur lui ».*

— Exact. Il n'a pas de moyen de comprendre l'inutilité de ses gestes. Tout ce qu'il voit, c'est que le mur a besoin d'être réparé. Et il peut poursuivre sa tâche jusqu'à la fin des temps, si rien ne l'arrête... Autrement dit, continuer notre ascension va s'avérer délicat.

— *Si seulement le golem pouvait basculer à son tour dans le vide !* s'écria Gamaliel, furieux.

— Mais voilà la solution ! Viens, grimpons encore un peu pour mettre mon plan à exécution.

Ils escaladèrent quelques mètres supplémentaires. Ensuite, le terrain n'offrait plus de protection.

Quand le golem réapparut, Evaine psalmodia une incantation qui transforma un pan de roc en boue sous les pieds du monstre.

Il vacilla et tomba dans le vide sans offrir de résistance.

Ils avaient à peine progressé quand un bruit les fit se retourner : le golem s'était relevé et remontait à une vitesse inouïe !

Le monstre n'était plus qu'à quelques mètres d'eux.

Saisie de frayeur, Evaine ne réussit pas à penser à un sortilège adéquat. Derrière elle, son familier se - transforma en grand félin pour la protéger et la défendre. C'était folie. L'entité devait être assez puissante pour les tailler en pièces.

Le golem atteignit le bord de la falaise et se dressa devant eux, bloquant le soleil de sa masse.

Evaine ferma les yeux, espérant que la fin serait rapide.

Rien ne se produisit.

— *Ouvre les yeux, Evaine.*

Elle obéit à contrecœur. Elle resta bouche bée de stupeur, puis éclata de rire.

Le golem avait repris son travail sans se préoccuper d'eux.

— *Il continuera jusqu'à la fin des temps, n'est-ce pas ? Il n'apprendra jamais rien.*

— Heureusement, nous ne serons plus là. (Elle se redressa péniblement.) Continuons.

Ils laissèrent le temple et son golem derrière eux.

*
* *

— Nous allons trop vite ! cria Kern.

— Je sais, je sais ! répondit Listle, hurlant pour couvrir le mugissement des vents. Les courants sont imprévisibles aux abords des montagnes.

Deux jours leur avaient suffi pour couvrir la distance séparant la tour rouge du sud de la chaîne montagneuse.

Le tapis fut aspiré par un tourbillon d'air. Sans la poigne d'acier de Miltiades, Kern aurait volé dans des nues.

Listle dirigea leur étrange véhicule vers un pré. Mais un vieil arbre qu'elle vit trop tard les « intercepta ». Un fil s'y coinça et le tissu se mit à diminuer comme une peau de chagrin. Les trois aventuriers se serrèrent les uns contre les autres. Pour finir, ils furent précipités sur l'herbe grasse.

Un peu sonnés, ils rassemblèrent leurs affaires ; Miltiades redonna leur forme naturelle aux chevaux miniaturisés, que l'expérience n'avait pas traumatisés.

Ils chevauchèrent en direction des pics aux neiges éternelles. Ce qu'ils avaient vu au moyen de la broche enchantée semblait indiquer qu'Evaine se trouvait près du centre des montagnes. Une fois dans les parages, ils feraient appel à des sorts de détection.

Miltiades les assura qu'il *sentirait* la présence de la sorcière, sans préciser par quel moyen.

Dans la sylve paisible qu'ils gagnèrent à la faveur du crépuscule retentirent soudain des fracas métalliques caractéristiques.

— Vite ! s'écria Kern, lançant sa monture au galop.

Listle eut beau recommander la prudence, il n'écoutait plus. Elle n'eut d'autre choix que le suivre. Miltiades fit de même.

Ils arrivèrent dans une clairière.

Un frêle vieillard était aux prises avec une immense créature. L'épée antique du vieil homme heurtait la massue de la bête. L'inconnu aux cheveux et à la barbe blancs portait une tunique grise.

Son regard avait l'éclat dur de l'acier.

L'adversaire devait être un ogre à en juger par sa carrure massive et ses trois mètres de haut.

Marteau de Tyr brandi, Kern chargea, suivi de ses compagnons.

L'ogre se tourna vers les nouveaux venus, son regard pourpre empreint d'incompréhension. Puis il gronda, dévoilant ses crocs.

— *Xaraxa* ! jeta Listle, lui lançant une boulette de poix mêlée de poils de chauve-souris.

Aveuglé, le monstre abattit sa massue au hasard ; Kern n'eut aucun mal à parer. Au contact du Marteau sacré, la massue éclata ; Miltiades en profita pour porter un coup au flanc du monstre. Kern acheva le travail d'un estoc à la poitrine. La créature tomba pour ne plus se relever.

Le jeune paladin mit prestement pied à terre et demanda à l'inconnu s'il allait bien.

— Oui, *j'allais* bien, bougonna le vieil homme, jusqu'à ce que tes amis et toi veniez gâcher mon plaisir !

— Désolé, vraiment..., bafouilla Kern. Je ne savais pas.

L'inconnu grommela, remit son épée couverte de runes au fourreau, puis le foudroya du regard :

— Alors ? Vous venez partager mon repas, oui ou non ? Comme cela, ma journée sera complètement fichue ! (Sans attendre, il partit.) De nos jours, les jeunes n'ont pas trois sous de jugeote.

Kern échangea un regard dérouté avec ses compagnons, puis lui emboîta le pas, menant son cheval par la bride.

Malgré son apparence frêle, le vieillard avait le pied sûr, et l'allure vive. Kern et Listle eurent bientôt du mal à ne pas se laisser distancer. L'homme disparut dans la forêt. Les avait-il semés à dessein ?

Le ciel s'embrasait dans les pourpres du crépuscule quand Kern aperçut la chaude lumière d'un feu de camp.

— Pas trop tôt ! les accueillit le vieillard au moment où ils arrivaient dans une petite clairière, au pied d'un immense sapin. De nos jours, la jeunesse est lente en plus d'être stupide !

Le ragoût qu'il remuait au-dessus du feu dégageait d'appétissantes effluves.

Il les invita à s'asseoir sur un rondin et leur distribua des écuelles. A une question de Kern, il répondit :

— Vous pouvez m'appeler Troupier. Ce nom me convient aussi bien que beaucoup d'autres, sinon plus !

Il ne parut pas s'émouvoir outre mesure du refus de Miltiades de se nourrir, et savoura son repas sans se préoccuper des autres.

Kern se présenta, ainsi que l'elfe, sans émouvoir davantage leur hôte. Le nom de Miltiades, lui, éveilla une lueur d'intérêt chez le bonhomme.

— Miltiades ? Je ne me fais plus très jeune, mais d'après la légende, il vécut il y a plus de mille ans. Tu ne te moquerais pas de moi, par hasard, mon garçon ?

— Il dit la vérité, intervint le paladin mort, relevant sa visière.

— En effet..., souffla le vieil homme, pas surpris le moins du monde. Salutations, Miltiades, de la part d'un guerrier de Tyr à un autre. Je vois que notre dieu n'a pas eu la décence de te laisser goûter en paix un repos éternel bien mérité !

— Tyr m'a confié une nouvelle mission...

Troupier renifla, se claquant la cuisse.

— Ah oui ? Eh bien, Tyr fera bien de laisser ma vieille carcasse en paix, une fois qu'elle sera sous terre ! Je le regarderai droit dans les yeux, sinon, et je lui dirai d'aller déranger le squelette d'un autre !

Après le repas, Troupier briqua son épée couverte de runes. C'était une belle arme, à la garde complexe. Kern reconnut au moins un symbole : celui de Tyr.

— Tu es un paladin, n'est-ce pas ?

Listle leva ses yeux argentés au ciel :

— C'est maintenant que tu t'en aperçois, Kern ? (Elle se pencha à l'oreille de Troupier pour chuchoter :) Ce n'est qu'une théorie, mais je crois qu'il a la tête aussi dure que son Marteau.

Troupier lui décocha un clin d'œil.

— Je garderai cela à l'esprit !

Rougissant d'embarras, Kern foudroya l'elfe du regard.

— Tu t'es bien battu contre l'ogre aujourd'hui, Kern, le complimenta Troupier. Non que j'avais besoin de ton aide, note bien...

— Bien sûr, se hâta d'approuver le jeune homme.

— Le garçon manie bien le Marteau, dit Troupier à Miltiades.

— Son père lui a appris.

— Il est malheureux qu'il ne puisse pas faire de même avec son cœur.

— Plaît-il ? demanda Kern.

— Ton cœur, mon garçon ! La chose qui pompe ton sang dans ta cage thoracique !

— Je sais ce qu'est un cœur ! s'emporta Kern.

— C'est déjà ça, sourit Troupier. Mais sais-tu l'utiliser ? En faire ton arme la plus redoutable au combat ? Evidemment, j'imagine que les divagations d'un vieil homme ne t'intéressent en rien.

— Montre-moi ! s'écria Kern, bondissant sur ses pieds.

— Voilà qui est mieux, fiston. (Il se leva à son tour, épée en main.) Attaque ! N'aie pas peur !

Kern hésita une seconde puis lança le premier coup. Les deux armes s'entrechoquèrent dans une gerbe d'étincelles.

— Non, mon garçon, gronda-t-il. Tu attaques avec les mains, pas avec ton cœur. Tes bras seront inutiles contre un adversaire plus fort que toi. Ton cœur est la seule arme sur qui tu puisses compter en cas de danger. Recommence, et cette fois, laisse-le te guider.

Kern obéit sans trop savoir ce que le vieil homme attendait de lui.

Un feu azur jaillit de la lame.

— Encore, fiston ! Frappe-moi avec ton courage, ton esprit, pas ton arme... Sens le pouvoir de Tyr couler en toi... C'est ça, avoir la foi, mon gars. La foi en la justice qui régnera un jour !

De sa vie, Kern n'oublierait jamais cet instant.

Ce fut comme un barrage soudain rompu : le calme l'envahit, la chaleur monta dans sa poitrine. Il oublia instantanément son souci d'impressionner Troupier, ou de prouver sa valeur. Plus rien de cela ne comptait. Une étrange euphorie le *portait* ; il avait foi en Tyr, foi en lui-même. C'était tout ce qui comptait.

La parade suivante de Troupier intervint une demi-seconde trop tard. Son épée lui fut arrachée des mains et tournoya dans les airs.

— Pas mal, fiston. Mais la prochaine fois, fit-il malicieusement, je ne serai pas si gentil !

Kern ne sourit plus ; il avait encore beaucoup à apprendre.

Troupier alla s'étendre près du feu, bougonnant dans sa barbe :

— Il est l'heure pour un vieil homme de goûter un peu de repos. J'espère que vous avez conscience d'avoir gâché ma journée.

— Nous le savons, répondit Listle doucement. Et tu en es très heureux.

Il l'admit en bougonnant de plus belle.

*
* *

La lune brillait dans le ciel ; Listle se réveilla.

Se redressant, elle tendit ses oreilles pointues. Là... Un chuchotement venu des bois. Troupier n'était plus là. Kern ronflait ; Miltiades semblait rêver. Silencieuse, l'elfe se leva et gagna le couvert des arbres à pas de loup.

Assis sur une souche, baigné d'une aura bleue, Troupier paraissait parler à quelqu'un d'invisible :

— Tu es vraiment certain qu'il en vaut la peine ? Il est brave et fort, certes. Et j'admets volontiers qu'un paladin n'a pas besoin de briller par son intelligence. Mais il ne croit guère en lui, tu sais.

Le vieil homme pencha la tête, comme s'il écoutait la réponse. Il se gratta la barbe, pensif.

— C'est vrai. La foi *peut* s'acquérir. Mais ce n'est guère facile, et il faut du temps. Le temps est une denrée rare, ces derniers jours.

Troupier écouta de nouveau, puis soupira :

— Eh bien, cela va contre mon sentiment, mais j'obéirai. Tu me revaudras ça, Tyr !

Abasourdie, Listle s'éloigna. Avait-elle bien entendu ?

C'est ridicule, se dit-elle. *Il ne pouvait pas être en conversation avec... avec...*

Frissonnante, elle se hâta de regagner le camp.

CHAPITRE XV

LES OMBRES DE MINUIT

Sur un balcon, au dernier étage du temple, Tarl goûtait l'air frais. Il tourna la tête en direction de la cité. La chaleur du jour avait fait place à une fraîcheur vespérale.

Aucune nouvelle de Kern et des autres, bonne ou mauvaise. Rien. La foi ne lui était plus d'un grand réconfort, quoi qu'en dise Anton. Elle ne lui ramenait pas son fils. Elle ne guérissait pas sa femme, à l'agonie dans une chambre obscure.

Il serait peut-être moins accablé s'il pouvait faire *quelque chose. N'importe quoi.* Mais il était réduit à l'impuissance.

Il ne pouvait rien d'autre qu'attendre, et attendre encore. Il se surprit à espérer une fin, quelle qu'elle soit...

Le froid nocturne finit par le chasser du balcon. Pourtant, au moment de le quitter, il crut distinguer quelque chose qui le fit hésiter ; un mouvement, dans l'obscurité.

Il fronça les sourcils - c'était là, droit devant, une

éclaboussure d'un noir de jais se découpant sur un fond plus pâle. Etait-ce un tour que lui jouait son imagination ? Mais non, l'éclaboussure augmentait, approchait...

Comment pouvait-il *voir* ce que...

Il comprit soudain : de la magie !

Cette *chose* était de nature magique. C'était tout ce que ses pauvres yeux pouvaient détecter.

Se concentrant, Tarl s'aperçut que la tâche se composait en réalité de dizaines d'objets plus petits, nimbés d'une lueur pourpre. Leur forme se précisait à chaque seconde.

— *Par Tyr tout-puissant...*

Il ne s'agissait pas d'objets, mais de *démons*.

Il tendit l'oreille pour entendre les alarmes magiques. Les démons des ombres approchaient rapidement.

Mais un silence total régnait.

— Etes-vous tous en train de dormir ? grinça-t-il. Sonnez l'alarme !

Il comprit que les créatures magiques étaient invisibles pour des yeux normaux. Sans hésiter, il se rua à l'intérieur et hurla :

— Aux armes, prêtres de Tyr ! L'ennemi est à nos portes !

Sœur Corenna le rattrapa dans les escaliers, lui évitant une chute ; il lui raconta ce qu'il venait de *voir*. Femme intelligente aux nerfs d'acier, elle prit les choses en main.

Quand les prêtres furent prêts au combat, elle pria Tarl de les informer.

— Des démons arrivent sur nous. Nous devons agir ; ils seront là dans quelques minutes !

Empoignant son marteau de cérémonie, il le lança selon un arc précis : l'arme heurta un disque de pierre verte au centre de la salle, et le fit tomber. Sept lignes apparurent à la surface du dôme de bronze. Comme les pétales d'une immense fleur métallique, il se fractura en sept divisions ; chacune se fondit dans le mur, révélant un cercle de nuit étoilée.

— Les murs ne nous protégeront pas des créatures de la nuit, continua Tarl. Seule la magie le pourra ; nous devons avoir une vue dégagée. (Il brandit son marteau.) *Maintenant*, prêtres de Tyr !

Face à l'apparition de silhouettes noire virevoltant dans la nuit, les prêtres entonnèrent leur chant guerrier. En franchissant le halo sacré, plusieurs créatures s'embrasèrent. Mais d'autres parvinrent à passer la barrière. Guidé par sa vision supra-naturelle, Tarl, d'un seul lancer de marteau, réduisit un monstre en lambeaux.

Le combat fit rage pendant la plus grande partie de la nuit.

Puis vinrent les premiers rayons dorés de l'aube.

Les démons des ombres se tordirent de souffrance, transpercés par la lumière solaire, hurlant d'ultimes blasphèmes pendant que leurs corps se dissolvaient. Une lumière nacrée rayonna dans le temple. Le matin avait détruit les ombres de minuit.

Les prêtres s'effondrèrent, épuisés. Le flot maléfique venait d'être endigué grâce à la bravoure de Tarl.

— C'est bon de te retrouver, frère Tarl, dit Anton, lui serrant l'épaule.

Tarl sourit malgré lui, se disant que Shal avait vu juste.

— Ne vous réjouissez pas trop, prêtres de Tyr ! dit une voix fêlée qui leur imposa le silence.

Sœur Sendara marchait dans le hall, appuyée sur sa canne.

— C'est vrai, vous avez vaincu une force puissante cette nuit. Mais sachez que cette bataille est la première goutte de l'orage qui se prépare à nous balayer. Soyez sur vos gardes !

Le hall retomba dans un morne silence.

*

* *

— Ferme les yeux, Kern, chuchota Troupier. Ouvre ton cœur et écoute la plainte du vent.

Les voyageurs bivouaquaient au cœur d'un haut plateau, cerné par des pics aux sommets couverts de neiges éternelles.

— Un palefroi est une belle monture, continua Troupier, mais un authentique paladin doit avoir un coursier digne de le mener à la bataille. Un cheval de guerre, Kern. Que le vent porte ton appel.

Le jeune homme se concentra, ne sachant comment procéder. Miltiades et Troupier avaient été heureux de lui conter comment ils avaient invoqué leur monture. Son tour était venu. Il imagina la répercussion de son appel, de flancs de montagnes en lointains coteaux...

Au bout d'un moment, il rouvrit les yeux.

— Et maintenant ?

— Maintenant, nous reprenons notre route, dit Troupier. Si ton appel a été entendu, le cheval te rejoindra.

— S'il n'a pas fui au galop en sens inverse, commenta Listle, impertinente.

— N'as-tu rien d'autre à faire de la journée que te moquer de moi ?

L'elfe réfléchit, puis :

— Non, confirma-t-elle avec un sourire charmeur.

Il soupira.

Le crépuscule venu, les aventuriers firent halte

dans un bosquet de chênes, au pied d'une montagne. Sur une impulsion, le jeune homme, parti à l'écart, lança de nouveau son appel mental. Mais comment oublier les sarcasmes de l'elfe ? Poings serrés, il persévéra, projetant ses pensées aux quatre vents... Quand il rouvrit les yeux, le soleil avait sombré à l'horizon, noyant de pourpres les sommets.

Il tendit l'oreille et n'entendit que la plainte du vent. Déçu, il rejoignit les autres, espérant qu'ils ne se douteraient de rien.

Peine perdue. Listle, Troupier et Miltiades le fixaient.

— Dis-moi, Kern, tu as encore essayé ? s'enquit l'elfe.

— Comment le sais-tu ?

— Oh, l'intuition... Et le grand cheval qui marche derrière toi...

— *Quoi ?*

Un cheval de guerre à la robe grise le suivait ; il hennit doucement, secouant sa fière crinière. C'était le plus bel animal qu'il ait jamais vu.

— Pas mal, fiston, approuva Troupier. Pas mal du tout.

— Tu as acquis le deuxième pouvoir d'un paladin, Kern, annonça gravement Miltiades.

— Mais que cela ne te monte pas à la tête, intervint aussitôt Troupier. Il te reste à maîtriser le troisième et dernier - le plus difficile.

Occupé à flatter l'encolure du cheval, Kern l'entendit à peine.

— Ton nom sera Nocturne, murmura-t-il.

Le cheval de guerre encensa et frappa le sol du sabot, comme s'il le savait déjà.

*

* *

Les jours suivants, ils cheminèrent le long d'étroits sentiers, négociant des cols enneigés quand rester dans la plaine devenait trop ardu. Par moments la lumière claire tombant sur le tapis blanc de l'hiver était aveuglante.

Le soir venu, le sort de détection lancé par Listle ne donna aucun résultat.

Kern et Listle allèrent chercher du bois mort pour faire un feu.

— Je me demande comment va Daile ? s'enquit Kern à voix haute en cassant des branches mortes.

— J'espère qu'elle a eu plus de chance que nous avec le tapis volant..., dit Listle, occupée à ramasser de la mousse.

Ils rebroussèrent chemin peu après, les bras chargés.

— Rends-toi utile pour une fois, Kern, dit-elle quand ils atteignirent le flanc escarpé et glissant d'une colline. Donne-moi la main.

Kern posa son fardeau et remonta la pente pour l'aider. Son talon glissa et ils tombèrent tous deux à la renverse. Listle atterrit sur lui, lui arrachant un grognement étouffé.

— Merci d'avoir amorti ma chute, Kern, dit-elle en éclatant de rire. Peut-être ton cas n'est-il pas désespéré, tout compte fait. C'était très chevaleresque.

— Je t'en prie, hoqueta-t-il. Pourrais-tu te relever ? A moins que tu veuilles m'étouffer ?

Listle commença à se dégager, avant d'hésiter, le regard brillant de malice.

— Et si je ne veux pas ?

— Comment ça ? souffla-t-il.

Elle rit, comme à une soudaine décision, et passa ses doigts effilés dans ses cheveux roux en bataille.

— Etre si près de toi me plaît peut-être. Y as-tu jamais songé ?

Il allait l'informer que non, quand elle l'embrassa, lui coupant la parole. Les yeux verts de Kern s'écarquillèrent sous le choc.

Une seconde plus tard, elle bondit sur ses pieds.

— Eh bien ? Ne reste pas planté là ! Nos fardeaux ne vont pas se transporter tout seuls !

Elle remonta la pente, vive et agile comme une gazelle. Kern avait les lèvres qui picotaient ; une douce senteur, sur ses joues, lui rappelait les fleurs sauvages du printemps.

Secouant la tête, il se releva, remonta prendre le bois mort et se hâta.

Pourquoi diable l'avait-elle embrassé ? Comprendrait-il jamais cette elfe ? Aucun de ses actes n'avait de sens. Il ne put s'empêcher de rêver. Ce baiser avait été des plus plaisants. Les suivants le seraient tout autant...

Il l'avait perdue de vue.

Un cri déchira l'air.

Listle !

Il jeta son fardeau pour la seconde fois et prit ses jambes à son cou, empoignant le Marteau de Tyr dans la foulée. Il déboucha dans une clairière. Le spectacle qu'il découvrit le remplit d'horreur.

Listle était aux prises avec une abominable créature. Les multiples tentacules recouverts d'écailles qui lui tenaient lieu de bras fouettaient vicieusement les airs. Le corps de la chose était couvert de filaments rappelant du varech ; sa tête difforme arborait un œil unique d'un vert maladif.

La créature ouvrit sa bouche pleine de dents pointues :

— Cela fait longtemps que je suis à ta recherche, Listle, grinça-t-elle. Sifahir, ton maître, aimerait te revoir.

La chose cingla l'air d'un tentacule, manquant emprisonner l'elfe terrifiée.

Kern poussa un cri de rage et chargea. Miltiades et Troupier arrivèrent en même temps. Plus proches du monstre, ils devancèrent le jeune paladin. Miltiades plongea son épée dans la bête - et mordit le vide.

— C'est une illusion ! prévint-il.

A l'instant même, un tentacule le projeta à l'autre bout de la clairière.

— Ses coups portent bien, pour une illusion ! grommela Troupier.

Esquivant de justesse un nouveau tentacule, il brandit son épée runique, sans impressionner pour autant l'adversaire.

— Nous ne pouvons pas le blesser, mais lui, il peut !

L'ennemi reprit sa marche vers l'elfe, paralysée de terreur.

— Sifahir a été très *déçu* par ta trahison, Listle, siffla-t-il.

Kern bondit et faillit se démettre l'épaule : son Marteau ne rencontrait aucune résistance.

— Non, Kern ! cria Troupier. Ne te contente pas de frapper : utilise la magie de ton arme pour briser l'enchantement !

L'air sombre, le jeune paladin hocha la tête, sans comprendre ce que signifiait pareille recommandation. A l'instant où il levait le Marteau, la créature arracha le pendentif de l'elfe.

Listle hurla.

— Le collier de Sifahir ! triompha le monstre.

Il saisit sa proie réduite à l'impuissance, prêt à l'étouffer.

Maintenant ou jamais, se dit Kern.

— Aide-moi à mettre un terme à ce maléfice, Tyr, chuchota-t-il.

Le Marteau divin s'embrasa. Sans hésiter, il le lança dans la poitrine de l'apparition, qui hurla de douleur. Les tentacules s'évanouirent dans un nuage âcre. L'elfe glissa à terre.

Un éclair azur prit la bête dans son étau implacable, puis se ramassa en un rayon unique pour porter le coup fatal. La créature se volatilisa.

Reprenant le Marteau redevenu normal, Kern se précipita au côté de l'elfe prostrée.

— Listle, est-ce que ça va ?

En voulant l'aider à se relever, ses mains passèrent au travers de son corps.

— Ne me touche pas ! hurla-t-elle.

Elle se redressa d'un bond, saisissant le pendentif rouge sang tombé à terre.

Abasourdi, il lui sembla que la silhouette féminine se troublait et devenait transparente ! Troupier et Miltiades, silencieux, le rejoignirent.

Listle remit le pendentif à son cou ; le rubis étincela un bref instant. La jeune femme retrouva sa substance.

D'une pâleur mortelle sous les rayons de lune, le regard tourmenté, elle se tourna lentement vers Kern.

— Je suis désolée, Kern, chuchota-t-elle.

Elle prit ses jambes à son cou et s'enfuit à travers bois.

CHAPITRE XVI

ILLUSIONS PERDUES

Le croissant de lune couronnait les cimes des arbres quand Listle revint au camp.

Kern la regarda en silence, ne sachant que dire. Il n'aurait pas pu exprimer ce qu'il ressentait.

Il n'avait pas touché à son repas.

— Je suppose que je vous dois des explications, commença Listle, les traits tirés.

— Peut-être, dit Troupier, mais il y a des secrets qu'il vaut mieux ne jamais dévoiler.

— Je crois que si, dans mon cas. J'aimerais pouvoir prétendre qu'il s'agissait d'une de mes facéties habituelles, mais...

Sa voix se brisa.

— Listle, intervint Kern, n'y tenant plus, qu'était cette créature ? Pourquoi était-elle à tes trousses ? Et... que s'est-il passé quand j'ai voulu t'aider à te relever ?

Inspirant profondément, elle commença son histoire :

— Kern sait déjà que, dix ans plus tôt, j'ai fui la tour du sorcier Sifahir. Croyez-moi quand je dis qu'il n'y eut jamais mage de race elfique au cœur plus noir que le sien... Il y a trois siècles, il était le conseiller de la reine d'Eternelle-Rencontre, la patrie des elfes d'argent, au-delà de la Mer Inviolée. Pendant un temps, Sifahir a mis ses pouvoirs au service de la reine, pour préserver ses îles des attaques de pirates et de monstres marins. Progressivement, il a trouvé des usages moins bienveillants à sa magie.

« A l'aide de ses sortilèges, il extorquait par la torture des aveux de trahisons, et semait la mort et la destruction dans les villages qui ne pouvaient plus payer les impôts qu'il levait. Ses machinations gagnèrent encore en vilenie. Il chuchota à l'oreille de la reine de sombres plans de conquête, et dénonça des complots contre sa vie prétendument ourdis par ses proches. La reine finit par percer à jour sa nature maléfique. Détruire une vie, même aussi méprisable, allant à l'encontre des principes des elfes, elle prit la décision de l'exiler sur un îlot, au nord d'Eternelle-Rencontre. »

Les flammes dansaient sur le visage de l'elfe. Kern se pencha pour mieux l'entendre.

— Malgré sa puissance, Sifahir était condamné à rester sur ce bout de terre battu par les vents. La reine des elfes d'argent n'est pas dépourvue de puissants enchantements : elle lança un *geas* contre lui. S'il quittait l'île, il serait foudroyé. Mais si elle a cru juguler pour toujours sa malveillance, elle s'est trompée...

« Sifahir a créé une tour dont les fils ensorcelés gagnent du terrain d'année en année. Puisque le monde lui était inaccessible, ce seraient les autres qui viendraient à lui. Le temps passant, il a réussi à avoir des serviteurs capables de quitter l'île pour lui rapporter divers articles - des livres, des objets magiques, et même... des gens. Un de ses serviteurs a voulu m'enlever. Je n'aurais jamais cru qu'ils puissent s'aventurer si loin...

« Toujours est-il que Sifahir a asservi quantité d'elfes, dont le forgeron Primul et les mages Winebrook et Brookwine. La plupart mouraient des suites de ses abominables expériences. Une poignée de malheureux étaient gardés en vie... »

— Comme toi, Listle ? demanda Troupier.

Elle eut un petit rire sans joie, elle d'habitude si vibrante et pleine d'allant.

— Non, Troupier, répondit-elle tristement. Voyez-vous, je ne suis pas arrivée sur l'île. *C'était ma première demeure.*

Kern comprit soudain ; le froid l'envahit.

— Il t'a créée, n'est-ce pas ? Sifahir t'a invoquée, comme l'autre monstre. (Il avait du mal à articuler.) Mais alors... tu es...

— Une illusion, Kern. C'est ainsi que je suis venue au monde : une illusion, dont la mission était de veiller sur les trésors du sorcier Sifahir.

Kern ne put rien répondre.

— Mais un mirage n'a pas de consistance, objecta Troupier. Les illusions n'ont ni réflexion, ni libre arbitre. Et elles ne se livrent pas non plus à des facéties.

— Non, admit Listle. Je ne me souviens pas vraiment de mon existence d'illusion. De vagues rêves, voilà tout... J'existais seulement dans la salle du trésor, prête à user de magie contre tout intrus. Mais quelque chose s'est produit... Quoi, je ne le saurais sans doute jamais. Peut-être le niveau élevé de magie dans la salle. Toujours est-il que la pensée *consciente* m'a été donnée. J'ai soudain su ce que j'étais et de ce que je faisais.

« Intrigante et merveilleuse sensation tout d'abord.

Mais au fil du temps, je me suis prise de pitié pour les gens que je devais anéantir ; j'ai perçu la nature mauvaise de mon maître. La fuite était la seule solution. Ce fut ma première décision d'être pensant et indépendant. »

Elle manipula son pendentif.

— En tant que gardienne, je connaissais jusqu'à la dernière pièce d'or des trésors confiés à mon attention. Le rubis que je porte fait partie des merveilles préférées de Sifahir. Il fut forgé il y a des lustres par des gnomes illusionnistes. J'ai compris qu'il pourrait m'accorder... la vie. Tant que je le porterai, j'aurai autant de substance qu'un elfe vivant.

— Tu as donc pris le collier et tu t'es enfuie, déclara Miltiades.

— Un jeu d'enfant, acquiesça Listle. Sifahir n'avait jamais pensé qu'une de ses créations le trahirait ! En arrivant devant la tour de garde en compagnie de Primul, que j'avais aussi libéré, nous avons découvert les deux mages enchaînés. Depuis des siècles, ils étaient contraints d'utiliser leur art pour protéger le manoir. En traversant les murs, j'ai réussi à les délivrer.

« Malgré leur grande faiblesse, Winebrook et Brookwine ont réussi à appeler une demi-douzaine de dauphins qui nous ont transportés jusqu'au continent. Depuis lors, nous avons toujours dû fuir les séides du sorcier. C'est moi, surtout, que Sifahir recherche. Sa dernière attaque remonte à trois ans. Il ne renoncera jamais à nous poursuivre... Entre ses griffes, je redeviendrai ce que j'étais - une illusion. »

Le silence retomba. Kern était en proie à un maelström d'émotions - la douleur pour elle, la colère contre Sifahir, la peur de la voir s'évanouir brutalement, et, plus que tout, la confusion. Son baiser avait éveillé en lui des sentiments nouveaux. Mais comment aimer quelqu'un qui n'était pas *réel* ?

— Je suis désolée de vous avoir trompés, reprit-elle d'une voix morne. Je comprendrais si vous voulez que je parte.

Deux lueurs voltigèrent dans la clairière, couleur aigue-marine ; elles éclatèrent pour laisser place à deux vieux elfes à la mine bienveillante.

— Brookwine ! Winebrook ! s'exclama Listle.

Kern confirma d'un signe de tête la demande muette de Troupier.

— Listle, commença Brookwine de sa voix vibrante, nous sommes si heureux de...

— ... T'avoir trouvée, enchaîna Winebrook dans un même souffle. Primul nous a envoyés te prévenir que...

— ... Un laquais de Sifahir a repéré...

— ... Ta position. Tu cours un terrible...

— ... Danger ! finirent-ils en chœur.

Soupirant, Listle étreignit leurs mains fines.

— Je sais. J'ai été attaquée il y a quelques heures. Mais celui-là ne nous importunera plus. C'est grâce à mes amis...

Elle leur conta brièvement ce qui s'était passé. Les mages firent une révérence :

— Nous sommes reconnaissants...

— ... Que vous ayez abattu la bête...

— ... Qui voulait nous ramener à...

— ... Sifahir.

Ils sourirent.

— Eh bien, n'en parlons plus, dit Troupier, fasciné.

— Pouvez-vous rester un peu ? demanda Listle.

Ils secouèrent la tête, expliquant que Primul les attendait, et ajoutant qu'il détestait leurs escapades.

Listle les serra sur son cœur, heureuse de les avoir retrouvés un moment.

Puis ils s'évanouirent.

Les pires craintes de la jeune femme s'étaient réalisées : le secret ne la protégeait plus. Les autres ne la verraient jamais plus du même œil - à commencer par Kern...

Elle aurait voulu qu'il dise quelque chose - n'importe quoi. Mais il s'allongea près du feu et ferma les yeux.

— Quel lourd fardeau qu'être différent, n'est-ce pas ? dit Miltiades.

— Oui, murmura-t-elle. En effet...

— Ne désespère pas, Listle Onopordum, fit-il d'un ton sévère. Tu t'es battue pour avoir droit à la vie. Ne regrette jamais cette chance...

Le chevalier squelettique retourna dans les ombres, la laissant à une solitude glacée.

*
* *

Un cri de rage se répercutait de paroi en paroi.

— Pourquoi ne m'as-tu pas dit que le soleil détruirait mes beaux démons ? rageait Sirana.

— *N'était-ce pas l'évidence même* ? se gaussa le gardien. *Comment des créatures nées des ténèbres pouvaient-elles résister aux assauts du soleil* ?

— Dis-moi, grand gardien de la Fontaine, rétorqua-t-elle d'un ton acide en battant furieusement des ailes, toi qui m'as promis d'incommensurables pouvoirs, pourquoi n'ai-je toujours pas ma vengeance ?

— *Comme je te l'ai déjà dit il y a longtemps, tu as affaire à un puissant parti. Il n'y a qu'un moyen d'acquérir le pouvoir nécessaire à ta vengeance : entrer dans la Fontaine...*

Les étincelles dansant à la surface des eaux maléfiques hypnotisaient la démone. Elle secoua la tête : s'immerger signifierait l'emprisonnement.

Mais le jeu n'en valait-il pas la chandelle ?

Etait-ce sa pensée ou celle du gardien ?

Elle vengerait son père, et anéantirait Phlan une bonne fois pour toutes.

Lentement, elle approcha de l'eau.

L'emprisonnement n'était pas éternel après tout. Il suffisait d'attendre l'arrivée du prochain visiteur imprudent. Ce serait un jeu d'enfant qu'abuser un être inférieur.

— *Allons, sorcière. La vengeance n'en vaut-elle pas le prix, quel qu'il soit ?*

— Oui, murmura-t-elle, les reflets hypnotiques dansant au fond de ses yeux vides. Je *dois* me venger.

Sirana plongea dans la Fontaine de Pénombre.

Ce fut comme être gelée et consumée en même temps. Elle coula à pic dans le fluide épais ; le manque d'oxygène lui brûla les poumons. Luttant contre l'évanouissement, elle aspira un grand coup.

Elle ne se noyait pas !

A chaque aspiration de liquide, elle sentit une incroyable énergie vibrer en elle, puis gagner la moindre parcelle de son corps. Cette magie primaire, immensément puissante, faisait d'elle...

... La gardienne de la Fontaine !

Les eaux se mirent à bouillonner furieusement, livrant passage à une énorme créature qui s'envola jusqu'à la voûte.

— Libre ! hurla une voix caverneuse. Après trois siècles, je suis enfin *libre* !

La créature colossale tourbillonna et étendit ses ailes, goûtant une ivresse sans entrave. Le dragon noir était un monstre des temps anciens, caparaçonné par de multiples écailles, dures et luisantes comme de l'onyx.

Crépuscule était son nom ; sur tout le continent

nordique de Féérune, aucun animal n'était plus ancien ni plus formidable que lui. Long d'une bonne soixantaine de mètres, de la pointe de son museau cornu jusqu'à sa queue hérissée, il était assez puissant pour abattre des montagnes.

Il revint se poser doucement près de la Fontaine. L'heure était venue pour lui d'exercer sa vengeance contre la ville de Phlan.

Trois siècles plus tôt, il régnait en maître dans les cieux de la Mer de Lune. Les villes côtières tremblaient à son nom. Pillant et saccageant tout son soûl, il amassa des montagnes de trésors qui auraient fait pâlir d'envie les monarques les plus puissants.

Puis il mit au point son merveilleux plan.

Volant de montagne en montagne, s'entretenant avec d'autres dragons, il joua subtilement sur leur haine des humains, des nains et des elfes, allumant un véritable incendie de forêt partout où il allait. Par une aube sombre, des centaines de dragons prirent leur envol pour s'abattre sur les communautés haïes.

Ainsi débuta la première fureur des dragons.

Le feu et l'acide, les éclairs et les nuages de poison, la mort et la désolation ne firent plus relâche. Les ailes des bêtes éclipsaient le soleil, leurs grondements éclataient comme le tonnerre. Crépuscule était le plus beau de tous. Les autres le considéraient comme leur chef ; le tribut qu'ils lui versaient faisait de lui le maître d'une montagne de trésors telle que Féérune n'en avait jamais vue !

Si seulement il n'y avait pas eu Andehar au Long Bras.

C'était à l'époque le dernier en date de la liste de vaillants champions de Phlan. Dans cette misérable cité, les héros semblaient se reproduire comme la vermine. En pleine apothéose, Crépuscule commit l'erreur de venir voler trop près des remparts : Andehar lui décocha une flèche enchantée dans l'œil.

Jamais de sa vie il n'avait connu pareille souffrance. Aveuglé par la douleur, il dût se traîner à l'écart. Sans lui, les autres dragons commencèrent à se quereller ; la haine et la suspicion finirent de les diviser. La fureur des dragons sombra dans le chaos ; les monstres repartirent dans leurs repaires, laissant leur chef fuir lamentablement dans les montagnes.

Il n'oublia jamais les cris et les vivats qui montèrent des remparts ce jour-là.

Et il fit serment de se venger.

Blessé, il se traîna dans une grotte pour y lécher ses plaies. Il ne compta pas sur la Fontaine de Pénombre. Dans son délire, il succomba aux offres de pouvoir du ver géant qui gardait alors la Fontaine. Son immersion libéra le monstre.

Des siècles passèrent...

Avec le temps, Crépuscule apprit à utiliser ses pouvoirs magiques pour régner sur les créatures de la vallée, et les contraindre à obéir. Quelques gouttes versées dans les ruisseaux souterrains suffisaient... A la surface, toutes les bêtes qui s'abreuvaient aux étendues d'eau tombaient sous son joug. Au fil du temps, il avait envoyé de véritables armées contre Phlan... Toutes se brisèrent contre les remparts inviolables de la ville. Il dût se rendre à l'évidence : seule une nouvelle fureur des dragons pourrait anéantir la cité.

Enfin libre, il lancerait non des centaines mais des milliers de dragons à l'assaut des villes de la Mer de Lune. Il ne serait plus un prince ou un roi, mais un *empereur*, devant qui tous trembleraient.

Crépuscule ouvrit ses ailes d'ombres et voulut dire adieu à Sirana :

— Sirana ! Entends ma voix !

— *Pourquoi cela, wyrm* ? gloussa-t-elle.

Son nouveau statut l'enchantait. Elle était encore plus bête qu'il ne l'aurait cru. Il eut un sourire cruel.

— Obéis, sorcière, si tu ne veux pas que je pulvérise les montagnes et que j'enterre la Fontaine sous des monceaux de roches - et toi en même temps.

Des vagues de furie s'élevèrent des eaux mortes. Le sourire carnassier du démon s'accentua.

— *Très bien. Que veux-tu, wyrm* ?

— Ne m'appelle pas comme ça ! siffla-t-il. Donne-moi assez de puissance pour convoquer un millier de dragons !

— *Je t'accorderai ce qui m'est possible. Mais je dois garder assez de pouvoir pour lever une nouvelle armée contre Phlan.*

Le dragon hurla de rire.

— Crois-moi, sorcière, rien de ce que tu pourras préparer sous ta Fontaine ne suffira à détruire notre ennemi commun ! J'ai essayé une centaine de fois ! (L'incrédulité fit se craqueler la surface métallique.) Mais ne crains rien, ajouta-t-il, une fois la fureur des dragons déclenchée, Phlan sera balayée de la surface de Toril ! Nous serons vengés !

Lentement, un tentacule s'éleva de la Fontaine, et se lova autour de son corps, le remplissant d'extase. Quel bonheur d'être libre et gonflé de pouvoir !

Au fond de la Fontaine, Sirana rit - une expérience nouvelle elle aussi. Toute conscience de son corps avait disparu. Elle ne faisait plus qu'un avec la source. Le pouvoir qu'elle venait de lui insuffler n'était qu'une parcelle de celui qui était désormais à sa disposition.

Après tous ces siècles, avec une telle magie au bout des doigts, le dragon n'avait pas été fichu de raser une ville ? Bah, qu'il s'amuse avec sa fureur des dragons... Le temps de réunir ses acolytes, il ne trouverait plus que ruines fumantes.

Privée du Marteau de Tyr, Phlan avait sombré

dans une horrible décadence. Les portes de la ville grinçaient sur leurs gonds, ouvertes à tous les vents.

Il suffisait de créer l'armée idoine pour les enfoncer tout à fait.

Forte de l'incroyable magie de la Fontaine, elle lança par vagues successives un appel vibrant. Quelques secondes après, les premiers êtres apparurent dans la caverne.

C'était une foule hétéroclite de créatures au regard vide : ours et élans, aigles et serpents, insectes et reptiles. Gobelins, orcs, ours-hiboux, gnolls et géants, humains, nains et elfes, par centaines...

Tous morts.

Les uns aux premiers stades de la décomposition, leur peau blême encore intacte, couverte de mousse et de feuilles ; les autres, criblés de vers, boursouflés.

Sans la moindre hésitation, ils s'immergèrent dans les eaux métalliques pour réapparaître sur la rive opposée, hideusement transformés. D'abord sortit de la source un gobelin aux orbites vides où se tortillaient des serpents, suivi d'un nain arborant des griffes d'aigle dans le dos. Un archer elfe soudé aux épaules d'un géant des collines précéda un gnome couvert d'insectes. Un orc surgit du dos d'un lion des montagnes. La gueule d'un loup claquait en plein milieu d'une poitrine humaine.

Le défilé d'abominations sembla interminable. Phlan ne résisterait jamais à pareille invasion ! Sirana augmenta ses efforts, contraignant des corps en putréfaction toujours plus nombreux à lui obéir.

Dégoûté, Crépuscule s'éloigna, se glissant sans mal dans les souterrains jusqu'à une ouverture. A l'instar d'une comète noire, il jaillit de la montagne.

Ah, voler librement dans les nues !

Mais la haine qui le consumait ne tarda pas à le ramener à ses préoccupations. Restait à contacter les autres dragons et à leur insuffler de nouveau la soif de vengeance.

Il vola sans s'apercevoir que des lueurs tourbillonnaient au fond de ses yeux.

CHAPITRE XVII

LE DON SAUVAGE

Un vent glacial fouettait les tempes de Daile tandis qu'elle survolait les Montagnes de l'Epine Dorsale du Monde sur son tapis. Voler à pareille vitesse à la nuit tombée était pure folie, elle le savait. Mais elle ne pouvait se résoudre à s'arrêter. Il en était ainsi depuis son départ de la Vallée des Chutes. La quitter avait été la décision la plus dure de sa vie.

Son esprit revint à ce jour morne et glacé. Elle avait enterré Ren dans un cairn de pierres, à côté de Ciela, sous la cathédrale figée de la cascade. Ensuite, elle était restée immobile pendant des heures. De sa vie, elle n'avait jamais ressenti pareille solitude.

Elle s'était aperçue au dernier moment de l'irruption de trois orcs à face porcine. A l'instant où les monstres s'étaient rués sur elle, elle avait décoché trois flèches à une vitesse anormale et avec un calme surnaturel. Fauchés en plein élan, les orcs avaient pris une expression incrédule avant de sombrer dans le néant.

Baissant son arc, elle avait goûté une étrange chaleur. Comme si l'attaque venait de la libérer d'un enchantement inexplicable. Les jours suivants, elle avait arpenté la vallée de long en large ; toutes ses flèches avaient fait mouche contre les créatures malfaisantes qui sévissaient dans les parages : principalement des orcs et des kobolds. Elle se sentait chasseresse jusqu'au bout des ongles.

Quand il n'y eut plus de monstres à pourchasser dans la vallée, elle retourna à la petite maison, accablée de fatigue. Elle était revenue à elle au bout d'un jour et d'une nuit, de nouveau saisie par un étrange enchantement. Que se passait-il ? Elle avait presque été... aspirée par les étendues sauvages.

Frissonnant, elle se jura de ne plus jamais se laisser aller ainsi.

Le souvenir de Kern et des autres l'avait soudain submergée. Sans perdre un instant, elle avait déroulé le tapis et pris son envol...

A l'instant où la fatigue l'emportait sur la détermination, elle repéra un feu de camp et orienta son tapis en direction de la lueur. Son cœur fit un bond dans sa poitrine quand elle reconnut Evaine et Gamaliel grâce à sa longue-vue ! La sorcière était endormie, le chat montant la garde à ses côtés.

Daile ralentit soudain sa descente.

Quelque chose ou quelqu'un venait d'apparaître à leur côté.

Une créature des ombres, aux multiples doigts et aux dents d'une blancheur lunaire, filait vers Evaine. Le grand chat, manifestement, ne voyait rien.

Evaine frissonna dans son sommeil à l'instant où le spectre touchait son front. Gamaliel tourna la tête, mais il ne vit toujours rien.

Il fallait agir. La fille de Ren s'empara de son arc, mais la créature disparut ! Pour en avoir le cœur net, Daile reprit la longue-vue qu'elle venait de lâcher. La créature était toujours là, découvrant ses crocs.

La longue-vue devait être ensorcelée ! Elle la posa de nouveau et murmura :

— S'il y a un moyen de blesser une ombre, arc, montre-le moi !

L'arc magique vibra. Des flammes écarlates léchèrent la flèche, qui stria l'air nocturne, et s'arrêta à quelques centimètres de la sorcière endormie, fichée dans *quelque chose*.

Le chat géant bondit sur ses pattes.

— Gamaliel ! On attaque Evaine ! hurla Daile.

Des langues de feu jaillirent de la flèche immobilisée, délimitant une forme qui se convulsionnait. L'ombre ainsi trahie s'efforçait d'arracher le trait. Crocs luisant sous la lune, Gamaliel bondit.

Mais les flammes pourpres lui roussirent le museau, l'obligeant à reculer.

— Encore une fois, arc, chuchota Daile.

Quand une deuxième flèche se ficha dans sa face, la créature dut lâcher le chat dans lequel elle venait de planter ses griffes. Elle s'affaissa lentement, étrange flaque d'ombre, et ne bougea plus.

Au moment où Daile allait héler Gamaliel, le tapis fut violemment secoué. Il était pris dans une branche. La fille de Ren fut précipitée à terre. Une couche de pommes de pin amortit heureusement sa chute. Redevenu un barbare, Gamaliel aida son amie à se relever. Puis ils se tournèrent vers Evaine, faible et désorientée. La mystérieuse créature l'avait vidée de ses forces.

— J'ignore comment ou pourquoi tu nous as retrouvés, Daile, fit la sorcière avec un pauvre sourire, mais ton minutage est impeccable. (Elle examina la curieuse flaque d'ombre - tout ce qui restait de l'agresseur nocturne.) J'ai entendu parler d'êtres qui se nourrissaient des rêves de leurs victimes, soupira-t-elle. Voilà qui explique pourquoi je me sentais si accablée et morne ces derniers temps.

— Je n'ai jamais rien soupçonnée, dit Gamaliel d'une voix voilée par la colère.

— Ne commets pas la folie de te rendre responsable, Gam. Tu n'avais aucun moyen de t'en douter. Depuis six nuits, je ne cessais de m'affaiblir. Après celle-ci, sans toi, Daile, je serais devenue une de ces créatures.

La jeune fille sursauta ; Evaine lui prit la main.

— Merci, dit-elle simplement.

Ils passèrent le reste de la nuit au coin du feu, à se raconter ce qu'il leur était advenu depuis leur séparation. Arrivé à la bataille de Kern contre l'osyluth, Daile, le regard distant, raconta la fin de son père.

— Il me manquera, soupira Evaine. Mais Féérune est un monde meilleur grâce à Ren de la Lame. Sa vie a eu un grands poids. Il n'aurait rien souhaité d'autre. Ne l'oublie jamais, Daile.

La jeune fille rapporta ensuite la traîtrise de Sirana, dont Marcus, le Sorcier Rouge de Thay, était le père.

— Elle est liée à la Fontaine de Pénombre. Voilà ce dont les autres voulaient t'avertir, Evaine.

L'aube s'était levée. Le soleil pointait derrière les pics. Les premiers rayons firent disparaître les restes de la créature.

Ils levèrent le camp ; Evaine avait encore les traits tirés, mais elle retrouverait vite des forces.

Il fallait retrouver Kern et les autres. Lancer un sort de détection serait la solution de dernier ressort. Pour l'heure, Evaine devait économiser ses forces.

Le tapis volant avait été réduit en lambeaux. Gamaliel prit la parole :

— Il y a peut-être un autre moyen de survoler les arbres.

— Comment ? railla Daile. En ouvrant mes ailes ?

— Peut-être est-ce exactement ce que je voulais dire...

Daile fronça les sourcils. De quoi parlait-il donc ?

— Est-ce bien raisonnable, Gamaliel ? demanda Evaine, le plus sérieusement du monde.

Le barbare haussa les épaules.

— Elle doit découvrir son don un jour ou l'autre. Pourquoi pas maintenant, quand ça nous serait utile ?

L'air sceptique, Evaine n'émit pourtant aucune objection.

— De quoi parlez-vous ? demanda Daile.

Gamaliel lui prit la main et l'entraîna dans les bois ; Evaine ne les suivit pas.

Au bord d'un précipice, ils contemplèrent un paysage accidenté qui avait l'horizon pour limite. Le spectacle toucha profondément la jeune fille. Ce n'était pas la première fois qu'elle ressentait le désir de ne plus faire qu'un avec la forêt, le ciel et les montagnes.

— C'est le *don sauvage*, dit le familier comme s'il lisait ses pensées.

— Je ne comprends pas...

— Je l'ai senti. La forêt est ton foyer. Tu fais partie intégrante de ses senteurs, de ses couleurs ; tu vis avec elle. Tu l'as dans la peau, Daile. L'acceptes-tu ?

Elle fut parcourue d'un étrange frisson. Elle n'était pas sûre de comprendre, mais elle savait qu'il disait la vérité.

— Oui, murmura-t-elle.

L'appel de la forêt était le plus fort.

— Ferme les yeux, commanda-t-il. Je vais t'aider. Entends-tu le vent ?

— Oui...

— Ecoute sa mélodie. Laisse-le couler en toi. Respire profondément. Que ressens-tu ?

— La forêt. Le soleil réchauffe le granit de la falaise. Je *sens* un groupe de daims à queue blanche, et l'antre d'un glouton, près d'une rivière gelée.

— Bien, Daile. Maintenant, communie avec ce que tu sens. Laisse le vent te purifier et te donner une nouvelle forme, plus merveilleuse que la précédente.

Daile était si humaine, si liée à la terre ferme... Pourtant, elle commença à se sentir plus légère à mesure que le vent du matin s'insinuait en elle.

Soudain, elle fut différente.

— C'est ça, Daile ! murmura Gamaliel. Laisse l'instinct couler en toi ; quelque chose cherche à briser tes liens pour répondre à l'appel de vastes étendues. Libère-toi !

Oui, sois libre, songea-t-elle. L'exultation la submergea. Les odeurs de la forêt étaient irrésistibles.

Elle eut l'impression de basculer dans le vide.

— Ouvre les yeux, Daile de la Flèche Rouge !

Le cri de Gamaliel lui parut très lointain. Elle obéit. L'émerveillement la saisit.

Elle volait !

Elle déploya ses ailes ; l'air ébouriffa ses plumes. Elle rit de joie - un cri aigu de faucon. Elle se laissa porter par un courant ascendant et aperçut le familier qui clignait des yeux contre la lumière du soleil. Redevenu félin, Gamaliel lui fit un signe avant de disparaître dans la forêt.

Ses yeux perçants repérèrent le chat qui gambadait à travers bois. Un lac d'argent étincela sous elle ; elle aperçut le reflet d'un faucon rouge-or aux ailes mouchetées. Il lui fallut un moment pour comprendre qu'il s'agissait de sa propre image. Une truite la tenta un instant, mais la course de Gamaliel ramena son attention sur la forêt.

L'acuité de sa vision l'émerveilla : elle distinguait une souris sous un tas de feuilles mortes, voyait nettement les toiles d'araignée qui brillaient entre des branches... Daile tournoya gracieusement dans le ciel. Bientôt, elle repéra quatre voyageurs occupés à lever le camp.

Elle reconnut Kern, Listle et Miltiades ; le quatrième homme lui était inconnu. Mais à son allure, il ne pouvait s'agir que d'un paladin.

Elle lança un cri pour avertir Gamaliel qu'elle venait de trouver leurs amis.

Puis elle retourna près de la sorcière et vint se percher sur une branche basse. Elle lui dit qu'elle venait de voir Kern.

— Je ne comprends pas bien le langage des faucons, Daile, fit Evaine. Pourrais-tu essayer la langue commune, je te prie ?

Daile tomba à terre comme une masse.

— Il serait judicieux, la prochaine fois, de te poser avant de reprendre forme humaine, dit Gamaliel en les rejoignant.

La jeune fille hocha la tête, se massant le séant, endolori par la mésaventure. Elle rapporta brièvement ce qu'elle venait d'apprendre ; ils se hâtèrent de lever le camp. En allant vite, ils rattraperaient leurs amis vers midi.

En chemin, la jeune fille commença à réaliser l'énormité de ce qu'elle venait de vivre.

— Gamaliel, demanda-t-elle. Comment... comment ai-je pu accomplir cela ?

— Comme je te l'ai dit, répondit gravement le chat, c'est le *don sauvage*, l'héritage de ta mère, la druidesse Ciela. C'est remarquable, Daile - mais tu dois prendre garde. Parfois, l'appel peut devenir trop fort. Alors il oblitère tout autre désir ou pensée...

Daile frissonna, croyant comprendre.

— Quand tu deviens faucon, pense à garder dans un coin de ton esprit le souvenir de ton essence *humaine*.

— Que se passerait-il autrement ?

— Tu oublierais que tu as été femme, et tu resterais pour toujours un oiseau de proie.

Songeuse, Daile repensa aux trois jours qui avaient suivi l'enterrement de son père : elle n'avait vécu et agi que pour la vengeance, traquant sans pitié les bêtes malveillantes de la vallée. Un véritable animal. Et elle y avait presque perdu son identité...

— Jamais je n'oublierai que je suis un être humain, chuchota-t-elle. Plus jamais !

*
* *

Le cristal éclata. Le sort de détection achevé, la sorcière rouvrit les yeux.

— Je l'ai localisée !

Elle se releva avec peine. Le soleil disparaissait à l'horizon. Les deux groupes d'aventuriers avaient fait la jonction à la mi-journée ; ils se reposaient près d'un bosquet de conifères.

Evaine s'était immédiatement prise d'amitié pour Troupier. Elle adorait son esprit caustique.

La sorcière jeta une poignée de poudre de cristal sur le feu : les flammes bondirent et une image se forma. Un pinacle de pierre noire à la pointe fendue apparut. Sa base était l'ouverture d'une grotte.

— Les montagnes ont toujours fait écran, expliqua-t-elle. Cette fois, la proximité a permis au sort de fonctionner. Ce pic est à une douzaine de lieues d'ici. La Fontaine de Pénombre est cachée dessous. Mais...

— Mais quoi, Evaine ? demanda Miltiades.

— J'ai détecté une modification inquiétante. Le gardien auquel Shal et moi avons eu affaire n'est plus là. Il y a... une nouvelle présence. Elle est plus malveillante encore que la précédente.

— Sirana, gronda Kern.

— Oui, acquiesça Evaine. Ce pourrait bien être

elle.

— Vous devriez rester ici, décréta le jeune paladin. Demain, je voyagerai seul. Après tout, c'est le Marteau qu'elle veut. Je l'affronterai dans la grotte et...

— ... Tu te feras calciner, fils ? l'interrompit Troupier. Je ne sais pas d'où te vient l'idée qu'être irresponsable est une preuve d'héroïsme, mais tu ferais bien de te l'ôter de la tête. Aller seul là-bas ? Autant offrir ton Marteau à Sirana sur un plateau d'argent ! Et moi, j'aurais perdu mon temps à essayer de faire de toi un paladin décent. N'oublie pas qu'il ne me reste pas longtemps à vivre...

Penaud, Kern ne dit plus rien.

— Ce que Troupier essaie de t'expliquer, traduisit Miltiades, c'est que nous sommes tous impliqués dans cette aventure. Unis, nous serons plus forts que séparés.

Troupier ouvrit la bouche pour protester, mais un « regard » de Miltiades suffit à le faire taire. Comment discuter avec un mort ?

C'était réglé. Les sept amis partiraient au matin ; ils arriveraient sans doute à destination le soir.

Soudain, la lumière déjà mourante disparut tout à fait ; un grand dragon noir planait dans le ciel !

C'était une magnifique et terrible créature. Kern en avait déjà vu un, qui l'avait fort impressionné. Mais son *wyrm*, en comparaison, n'avait été qu'un asticot pourvu d'ailes. La formidable bête éclipsait le soleil ; elle planait dans les nues, pliant son long cou pour mieux voir sous elle.

— Mauvais présage, marmonna Troupier. Si c'est l'œuvre de Sirana, autant rebrousser chemin tant que nous le pouvons encore. Je reconnais ce dragon. D'après les légendes, il s'agit de Crépuscule. Aucun animal n'est plus puissant ou plus mauvais que lui.

— Où allait-il, à ton avis ? demanda Daile.

— Il se dirige plein sud, gronda Gamaliel.
— Phlan..., gémit Kern.

*
* *

Miltiades veillait.

Perché sur un bloc de granit, il savait que le froid que diffusait ses os ajoutait aux rigueurs de l'hiver. C'était pourquoi il se tenait loin des autres - qui avaient déjà du mal à se réchauffer.

La solitude lui pesait parfois.

Mais gagner de nouvelles amitiés n'était pas sa destinée. Tyr l'avait rappelé d'entre les morts pour une seule raison : sauver Phlan.

Cela ne lui suffisait pas. Mille ans plus tôt, il était mort sans avoir accompli tout ce qu'il aurait souhaité ! Sa quête touchait à son terme. Qu'il connaisse un triomphe ou un désastre, Miltiades retournerait dans son caveau.

Et pour toujours, cette fois.

— Si seulement j'avais plus de temps, murmura le squelette, je m'assurerai que les secrets ne risquent rien...

— Quels secrets, Miltiades ? demanda quelqu'un.

Une silhouette sortit de l'ombre. Il reconnut Evaine. Son regard intelligent se posa sur lui.

Il hocha la tête :

— De vieux secrets, Evaine. Depuis longtemps retournés à la poussière. Je ne devrais pas m'en préoccuper, mais les morts ont du mal à oublier ce qu'ils ont vécu jadis, même si ça n'a plus la moindre importance.

— Si cela te préoccupe, Miltiades, je doute que ce soit sans importance...

Elle approcha. Conscient que l'argent de la lune se

reflétait sur ses os, il voulut baisser sa visière.

— Non, dit-elle.

— Comme tu voudras. Peut-être est-ce mieux ainsi. Tu me vois tel que je suis.

Evaine croisa les bras pour tenter de se réchauffer.

— Je sais qui tu es, Miltiades. Un homme d'une grande vaillance et d'une douceur encore plus impressionnante. Un homme féroce au combat, dont la gentillesse naturelle surpasse la sauvagerie. Par-dessus tout, quelqu'un d'assez sage pour voir ses faiblesses et oublier celles des autres.

Ces paroles le surprirent. Une impossible chaleur se diffusa dans sa cage thoracique vide.

— J'ai toujours espéré rencontrer un être comme toi, continua-t-elle. J'ai seulement oublié de préciser que j'aurais aimé quelqu'un de *vivant*.

— Je suis désolé, dit Miltiades.

— Ne le sois pas, ami. Tu as tes vœux et j'ai les miens. Il n'y a pas place pour autre chose dans nos vies...

Il hocha la tête. Silencieux, ils restèrent ensemble sous le ciel de Toril. Quand Evaine vit passer une étoile filante, elle ne songea pas à faire un vœu...

CHAPITRE XVIII

LES FORCES DE LA PÉNOMBRE

Du plus haut balcon du temple de Tyr, dans la pénombre précédant l'aube, Anton contemplait le lointain. Il attendait.

Trois heures plus tôt, sœur Sendara l'avait tiré de son sommeil.

« — Ce jour verra notre rédemption ou notre ruine, avait murmuré l'ancienne prêtresse. »

Anton avait été submergé par l'angoisse, mais il s'était vite ressaisi. S'habillant rapidement, il avait couru sonner le gong pour réveiller ses frères. Depuis, les prêtres-guerriers de Tyr faisaient de leur mieux pour se préparer à la bataille finale.

Brûlant, maléfique, le soleil se leva sur les plaines pétrifiées et déversa sa lumière sanglante sur la cité.

L'ennemi vint de l'ouest, sinistre tâche qui ondulait par vagues jusqu'aux remparts de Phlan.

— Des zombis, murmura Anton. Une armée de zombis.

Il sonna l'alarme...

... Et le chaos s'abattit.

Les gens sortirent dans les rues. La nouvelle de l'approche de l'armée apocalyptique s'était répandue comme une traînée de poudre, semant partout la panique. Les plus faibles moururent piétinés par la foule. Jadis, les citoyens de Phlan se seraient armés pour résister à l'envahisseur. Aujourd'hui ils fuyaient comme des rats. Ne resta qu'une poignée de voleurs et de pillards. Quand les zombis arrivèrent aux Portes de la Mort, ils s'immobilisèrent devant une cité désertée.

Sous la pression des monstres, les portes éclatèrent vite. Les bandits restés dans l'espoir de piller furent massacrés. L'armée se rua sur l'unique bastion de résistance : le temple de Tyr.

Anton se demanda pour la énième fois ce qu'il advenait du Champion et de ses compagnons. Mais les runes de Sendara n'avaient rien révélé. Si Kern revenait, il serait leur seule chance de survie.

Et si le temple succombait, Phlan serait rayée de la surface de Toril...

— Aide-nous à leur résister, Tyr, pria le vieil homme.

Six autres prêtres vinrent se poster à ses côtés. En bas, Tarl synchronisait les chants qui renforçaient la magie des murs et des portes d'acier.

Anton fut horrifié par la nuée d'abominations qui se pressait devant le temple : des parodies d'êtres vivants, œuvre sinistre d'un esprit dérangé. En guise de mains, un elfe fou furieux arborait des serpents ; un lion avait pour buste les torses décomposés de trois petites gens. Une gigantesque araignée était affublée d'une tête humaine aux yeux d'insecte...

La vue de ces légions suffisait à donner la nausée.

— Au nom de Tyr, retournez dans vos tombes, créatures du Mal ! tonna Anton en tendant les bras.

Ses six collègues l'imitèrent ; une lueur bleue jaillit de leurs mains. Une vingtaine de zombis furent réduits en poussière. D'autres prirent leur place.

— Venez nous rejoindre, prêtres de Tyr ! railla un gobelin collé sur le dos d'un loup aux chairs putréfiées.

— Pourquoi vous entêter ? renchérit une femme aux cheveux faits de dards de scorpion. Résister, c'est périr et être réduit à notre état. De gré ou de force, vous nous rejoindrez.

Tous les zombis entonnèrent une litanie grinçante :

— Rejoignez-nous ! Rejoignez-nous !

— Que le pouvoir de Tyr nous vienne en aide ! s'écria Anton.

Les prêtres tendirent les bras. Une rangée entière de monstres disparut en fumée.

La bataille continua, les zombis détruits étant aussitôt remplacés par d'autres. L'un après l'autre, les prêtres s'écroulèrent, épuisés par ces fantastiques dépenses d'énergie.

A la fin, seul Anton se dressait en face de l'ennemi. Par un extraordinaire effort de volonté, il réussit à occire une douzaine de morts-vivants supplémentaire.

Ses jambes se dérobèrent. Il reprit son souffle. Ses frères et lui venaient de détruire pour le moins deux cents suppôts de Cyric, le successeur de Baine. Mais la horde noircissait jusqu'à l'horizon, souillant la terre de sa fétide présence.

— Renforcez les portes ! cria Anton d'une voix rauque.

— Tyr, accorde-nous ta protection, chanta Tarl.

Une douzaine de prêtres reprirent son incantation. Des colonnes de pierre rugueuse jaillirent du sol devant les remparts, poussant comme des arbres géants. Des pointes barbelées éventrèrent les morts-vivants qui se pressaient de toutes parts. Des éclairs azur contribuèrent à éclaircir leurs rangs.

Les colonnes suivantes furent également empalées par les pointes et réduites en cendres par le feu sacré. Mais le flot ne tarissait pas pour autant.

Les prêtres poussés à bout de résistance étaient aussitôt remplacés par leurs frères.

La voix de Tarl ne faiblit jamais.

L'affrontement rappelait celui de deux béliers. Aucun camp ne voulait céder.

Soudain, la masse de morts-vivants ondula pour livrer passage à un géant de feu, des têtes de nains collées dans ses orbites à la place des yeux. C'étaient elles qui hurlaient des ordres au grand corps. De ses énormes mains, le géant saisit deux colonnes. Ignorant les épines, il les arracha de terre et les réduisit en miettes. Même le feu azur se révéla inutile contre cette nouvelle apparition.

Le géant tendit les bras, décidé à s'en prendre au portail.

Les chants sacrés ne suffisaient plus à repousser le Mal. Les muscles du monstre saillirent sous l'effort : un claquement de métal emplit l'air. Des éclats furent projetés alentour.

Horrifiés, les prêtres de Tyr virent le géant aux têtes de nains s'engouffrer dans le temple.

Même alors, Tarl Desanea tint bon.

Visant soigneusement, il lança son marteau, touchant le monstre à la tête, qui éclata comme un fruit trop mûr. En s'écroulant, le géant écrasa plusieurs dizaines d'abominations.

Tarl donna le signal de la retraite. Pour sa part, il était déterminé à ne pas bouger d'un iota.

— Dépêche-toi, Kern, murmura-t-il, espérant que son fils l'entendrait. Où que tu sois, tu dois faire vite !

Il leva une main :

— Au nom de Tyr, tas de monstres, aucun d'entre vous ne passera !

Un mur de feu transparent surgit pour colmater la brèche. Les zombis reculèrent. Tarl se concentra, de grosses gouttes de sueur roulant sur son visage. La puissance d'un dieu coulait dans ses veines ; une étrange ivresse le saisit. Ses heures de misère et d'auto-apitoiement appartenaient au passé. Seule comptait sa foi en Tyr et en la justice.

Par tous les dieux de lumière, jamais il n'abandonnerait !

Les morts-vivants périrent par dizaines quand ils tentèrent de franchir l'infranchissable. La foi de Tarl ne faiblit pas. La chaleur, en lui, augmentait de façon alarmante.

A l'intérieur du temple, Anton se remit péniblement debout. Ce qu'il vit au-delà des colonnes de marbre le saisit de stupeur et d'admiration.

— Combien de temps... crois-tu qu'il tiendra ? demanda-t-il à sœur Sendara.

— Jusqu'à ce que la magie le consume et qu'il meure...

*
* *

Kern et ses compagnons se levèrent à l'aube. Listle monta en croupe derrière Troupier, laissant sa jument à Evaine. Le vieux paladin, exaspéré, ne cessa de se plaindre de l'elfe, qui n'arrêtait pas de gigoter.

A un moment, il se pencha sur l'oreille de l'équidé, faisant mine de la lui gratter :

— Très bien, Lancier, je me tiendrai à la selle et tu commenceras à ruer...

— Les elfes ont l'ouïe fine, Troupier.

Le paladin se redressa, l'air coupable.

Kern secoua la tête. Un instant, il crut presque revoir la Listle qu'il connaissait, espiègle et imprévisible comme s'il n'avait jamais été question de la tour de Sifahir.

Presque...

Mais quand elle le pensait occupé ailleurs, il surprenait les regards tristes qu'elle jetait dans sa direction.

— Impossible d'aimer une illusion..., murmura-t-il. Dieu, on ne peut même pas l'*attraper* !

Il se secoua. Sirana passait d'abord...

Ils négocièrent des passages abrupts toute la matinée. Le vent leur mordait cruellement le visage.

Enfin, ils accédèrent à une autre vallée.

— Nous approchons du but, Evaine ? demanda Miltiades.

— Je crois. Je le saurais avec certitude si je pouvais jeter un coup d'œil du haut des arbres.

— Je pense avoir une solution, dit Daile, l'air mystérieux.

Sans rien ajouter, elle disparut dans un bosquet. Elle revint quelques minutes plus tard, un peu essoufflée.

— J'ai eu un aperçu du pinacle, dit-elle, tout excitée. C'est à une heure de cheval d'ici.

— Comment as-tu fait, Daile ? l'interrogea Kern.

— J'ai trouvé un amas rocheux et j'ai grimpé au sommet...

L'explication était peu convaincante. Mais personne n'insista.

Le soleil disparut derrière une montagne, jetant une ombre de sinistre augure sur le paysage. La forêt de pins céda la place à la toundra ; ils aperçurent le pinacle de pierre campé comme une effrayante sentinelle. Un bosquet d'arbres faméliques se dressait au pied de la montagne.

— Je vois à travers ! s'exclama Listle.

— Tu sens aussi ? demanda Daile. Ce ne sont pas des arbres *vivants*, mais des ombres... Une véritable abomination !

— La magie de la Fontaine de Pénombre..., intervint Evaine. Elle corrompt jusqu'à la terre. Nous devons être sur nos gardes.

— Au moins, il n'y a pas de monstres pour nous bloquer le chemin, dit Kern.

— Tu es sacrément sûr de toi, se moqua Troupier.

— Tu vois des monstres ? demanda le jeune homme, exaspéré.

— Non, mais là n'est pas la question. Je me souviens d'un homme...

— Ce n'est plus le moment de raconter tes histoires, Troupier..., grogna Kern.

— Au contraire ! C'était déjà un vétéran quand tes parents marchaient à quatre pattes... Nous chevauchions sur les Rocterres, à quelques lieues à l'est, quand nous avons aperçu sur une colline une forteresse blanche. J'ai demandé son avis à mon compagnon. Au moins, nous savons que c'est blanc d'un côté, a-t-il répondu.

— Je ne comprends pas, dit Kern.

— Evite les conclusions hâtive, mon garçon ! Voilà ce qu'il faut comprendre. Crois ce que tu vois, mais rien de plus.

Kern hocha la tête ; il avait encore du chemin à faire pour devenir un paladin.

D'abord, il fallait affronter la Fontaine...

Les cavaliers mirent pied à terre et avancèrent. Yeux clos, les bras en croix, Evaine fit une pause.

— Je perçoit le pouvoir de la Fontaine entre les arbres... L'entrée de la caverne se trouve là.

— Je sens la douleur, dit Daile. Tout ce qui est mort ici a péri dans de grandes souffrances.

Les arbres se refermèrent sur eux avec une rapidité anormale, comme s'ils voulaient leur couper la retraite.

Nerveuse, Listle écarquilla les yeux. Elle avait

l'impression que quelqu'un ou quelque chose rampait derrière eux.

Son malaise grandissait à chaque pas...

— Il y a une présence derrière nous ! murmura-t-elle d'une voix rauque.

— Ressaisis-toi, Listle ! dit Troupier. La magie nous entoure. L'air est lourd de menaces intangibles, mais il faut résister. Aucun de nous ne doit faiblir. Si tu succombes, nous sommes tous perdus.

Elle hocha la tête et fit de son mieux pour repousser la peur.

Un mur de pierre se dressa devant eux. Il était percé d'une ouverture béante.

L'attaque vint, brutale.

Un cercle d'arbres se resserra. Les monstrueux végétaux utilisaient leurs branches comme des bras. Daile fut soulevée de terre. Miltiades réussit à se dégager en jouant de l'épée. Evaine psalmodia un chant : une boule de feu se matérialisa dans sa main ; elle la projeta contre les arbres les plus proches. Ils continuèrent d'avancer, imperturbables...

Kern se rua sur l'arbre qui retenait Daile. Mais son Marteau ne mordit que l'immatérielle *substance* de l'apparition.

— Comment combattre des ombres ? s'écria Troupier.

Ni son épée, ni les griffes de Gamaliel ne remportaient le plus petit succès.

— J'ai une idée ! cria Listle. Levez tous vos armes !

Kern, Troupier et Miltiades obéirent sans poser de question. L'elfe effectua une gestuelle complexe : les armes rayonnèrent d'une lueur surnaturelle.

Le paladin mort frappa l'arbre le plus proche, tranchant net une grosse branche. Le végétal recula. Kern fonça de plus belle sur celui qui tenait Daile entre ses branches meurtrières. Le contact du Marteau embrasa l'écorce noire de la créature.

Mais elle ne lâcha pas prise.

Daile allait être brûlée vive.

Elle luttait de toutes ses forces sans parvenir à se dégager. Par bonheur, l'arbre disparut, dévoré par les flammes.

Assise par terre, stupéfaite, Daile constata qu'elle était indemne.

— Comment... ?

— C'était un feu *illusoire* ! expliqua l'elfe.

— Un feu illusoire pour venir à bout d'ombres, commenta Kern, appréciant la logique. Comment as-tu su, Listle ?

— Ne suis-je pas experte en ce domaine, Kern ?

Il n'eut pas le temps de répondre. Des branches glacées s'abattirent dans son dos. Faisant volte-face, il flanqua à l'assaillant un solide coup de Marteau.

Aidés de Listle, les compagnons eurent tôt fait d'exterminer les arbres ensorcelés.

Kern poussa un profond soupir. Ils venaient de réussir la première épreuve.

*
* *

— C'est impossible ! ragea Sirana.

Elle surplombait la Fontaine sur une excroissance rocheuse, son corps masqué par un feu d'artifice d'étincelles métalliques.

La fille du Sorcier Rouge venait d'assister au triomphe de Kern et de ses acolytes.

— Comment osent-ils me défier ?

Pour la première fois depuis qu'elle était devenue la gardienne de la Fontaine de Pénombre, elle éprouva de l'angoisse. Elle s'était crue invincible. Ces imbéciles constituaient-ils une *véritable* menace ?

— Ils ne me vaincront pas ! J'aurai ma vengeance *et* le Marteau de Tyr. Je serai une déesse !

Mais peut-être lui fallait-il de l'aide.

Pourquoi n'y avait-elle pas songé plus tôt ?

Recourant au pouvoir de la Fontaine, elle lança un appel impérieux.

Ensuite, elle réfléchit à une nouvelle stratégie. Une langue métallique s'éleva de la surface de la Fontaine. Sirana éclata de rire. Bien sûr : le Bâton de Pénombre ! La Fontaine captait la plus insignifiante de ses pensées. Elle tendit le bras pour saisir l'arme.

Désormais, elle avait tout ce qu'il lui fallait.

*
* *

Crépuscule se posa sur un rocher, et replia ses ailes noires.

Un millier de dragons marchaient dans la vallée qui s'étendait en contrebas. Trois jours durant, il avait parcouru la Mer de Lune, usant de ses pouvoirs pour rallier ses congénères à sa cause. Noirs, bleus, rouges ou verts, ses frères maléfiques l'avaient suivi. Réveiller leur haine de l'humanité avait été un jeu d'enfant.

— Entendez mon appel ! tonna Crépuscule, sa voix roulant dans la vallée. La seconde *fureur des dragons* est proche ! Nous allons chasser les humains et les massacrer jusqu'au dernier ! Nous pillerons leurs villes. Chacun de vous récoltera un butin d'or et de joyaux comme seul un roi pourrait en rêver !

Et, ajouta-t-il dans le secret de ses pensées, *j'en aurai cent fois plus... Un trésor comme Féérune n'en a jamais connu !*

Il sourit, très content de lui. De toutes les terres du nord, il était le dragon le plus puissant. Mais il serait aussi et surtout leur chef et leur empereur.

Il ouvrit la gueule pour donner l'ordre fatidique. Il allait enfin savourer sa vengeance contre Phlan.

Mais une voix vrilla soudain son esprit :

— *Viens à moi, Crépuscule ! J'ai besoin de toi !*

Le dragon noir fut pétrifié. Ce n'était pas possible ! Une force irrésistible s'empara de sa volonté comme si son cœur n'était qu'une marionnette au bout d'un fil...

— Je refuse, Sirana ! hurla-t-il.

Des étincelles virevoltèrent dans ses yeux.

— *Entends mon appel, Crépuscule. Tu ne peux pas résister.*

— Non !

Des pierres éclatèrent sous la violence de son cri. Mais ses ailes battaient déjà, et son sang bouillait dans ses veines comme s'il était un poisson accroché à un hameçon. L'attraction était trop forte. Le pouvoir magique qu'il avait accepté le liait inexorablement à la Fontaine.

— Damnée sois-tu, Sirana ! Tu me le paieras !

Contre sa volonté, il s'envola.

Déroutés, les dragons de la vallée poussèrent des cris de rage. Leur chef les abandonnait une fois encore ! Sans son influence, les images de trésors et de villes en flammes s'évanouirent de leur esprit. Leur nature féroce, avide et égoïste reprit le dessus. Ils retournèrent veiller jalousement sur leurs antres.

La seconde fureur des dragons était terminée avant d'avoir commencé.

*
* *

Les sept aventuriers se tenaient devant la gueule béante de la caverne.

— Soyez prêts, les prévint Evaine.

— A quoi ? s'enquit Listle.

— A tout et à n'importe quoi...

Kern s'engouffra le premier dans le passage obscur, ses amis sur les talons. Inutile de compter sur l'effet de surprise. Leur seul espoir était de distraire Sirana le temps qu'Evaine lance son sort. Mais ils n'avaient pas la première idée de *comment* réussir ce tour de force.

La noirceur ambiante semblait absorber l'éclat lumineux du Marteau sacré. Le tunnel s'enfonçait dans des ténèbres insondables. L'air devenait irrespirable.

Le sol se déroba sous leurs pieds.

Leurs cris d'épouvante moururent brutalement. Kern se retrouva englué comme les autres dans quelque chose de poisseux.

Puis il tomba à terre.

Etourdi, il se remit lentement debout. Une lueur grisâtre apparut ; il discerna des toiles d'araignée bleues sur son arme - cela signifiait que quelqu'un avait voulu...

Il était au bord d'une vaste étendue de liquide métallique, dans une grande caverne. Il vit ses compagnons suspendus à dix mètres de hauteur, emprisonnés par des liens invisibles.

Une silhouette tenant un bâton se découpait au milieu de la Fontaine. Le paladin la reconnut sans peine.

— Oui, Kern, c'est bien moi, railla Sirana. Bienvenue à la Fontaine de Pénombre.

CHAPITRE XIX

LE RÈGNE DE LA PÉNOMBRE

— Je ne ferais pas cela à ta place, paladin, l'avertit Sirana.

Kern hésitait à lancer son Marteau.

Sirana battit des ailes et leva sa houlette d'argent ; les amis du jeune homme se mirent à danser comme des marionnettes. Daile se débattait tel un animal en cage ; Troupier égrenait des chapelets de jurons. Miltiades et Gamaliel n'étaient pas mieux lotis que leurs amis. Le piège était trop puissant, même pour des guerriers de cette trempe. Dans l'incapacité de se servir de leurs mains, ni Listle ni Evaine ne pouvait lancer de sorts. L'elfe criait des insultes bien senties à l'abominable érinye, qui les ignorait.

— Frappe-moi de ton Marteau, Kern, et tu détruiras du même coup cette jolie houlette. Fais-le, et tes amis plongeront dans la Fontaine de Pénombre. (Les eaux couleur acier émirent un bruit de succion des plus écœurants.) Ils seront accueillis par les zombis tapis au fond, qui se régaleront d'en faire des créatures des ténèbres. Quel spectacle ce serait !

La belle sorcière Evaine collée au dos d'un troll décomposé, quelle recrue pour mon armée ! Ou peut-être aimerais-tu voir les bêtes que je suis prête à greffer à la chair de ta délicieuse amie elfe ?

D'un geste, elle précipita Listle dans le vide, beaucoup plus près de la Fontaine...

Kern baissa son arme.

— Il y a un moyen de sauver tes amis, roucoula la demi-démone. Hormis celui que tu appelles Miltiades, un vil tas de ferraille et d'ossements ! Ce... misérable a profané la tour de mon père... Je vais le réduire en poussière ! (Des mains invisibles le secouèrent.) Je relâcherai les autres - même cette traîtresse d'Evaine - en échange d'un petit geste : jette le Marteau de Tyr dans la Fontaine.

Kern serra l'arme de plus belle. Sa destinée était de le rapporter à Phlan. Mais s'il n'obéissait pas, ses amis connaîtraient une mort atroce. Lentement il tendit le bras...

— Kern, non ! cria Listle.

Des mains invisibles la frappèrent pour la réduire au silence.

— Fais-le, paladin !

Mâchoires crispées, il lâcha le Marteau...

Le tonnerre déchira l'air.

D'énormes blocs de pierre s'abattirent de la voûte : une masse gigantesque se posa avec un bruit assourdissant.

Un dragon noir.

Pétrifié, Kern sut qu'il s'agissait de Crépuscule, dont Troupier lui avait parlé.

— Comment m'as-tu forcé à revenir ici, sorcière ? gronda la bête, furieuse.

— Ce n'est pas parce que tu n'es plus le gardien de la Fontaine, ricana-t-elle, que notre pacte est rompu. En utilisant le pouvoir que je t'ai donné, tu as *aussi* accepté les chaînes qui te lient à moi,

Crépuscule !

— C'est impossible ! grinça le monstre. J'étais sur le point d'envoyer un millier de mes semblables contre les cités de la Mer de Lune ! La fureur des dragons était imminente !

La bête virevolta près des malheureux aventuriers suspendus dans l'air. Sous l'effet du souffle, ils bougèrent comme des feuilles ballottées par le vent.

— Ta fureur des dragons m'indiffère, répondit Sirana. J'ai besoin de toi. Ces misérables veulent anéantir la Fontaine de Pénombre. Sans sa magie, tu n'auras pas plus de pouvoir qu'un serpent de bas étage. Obéis : tue les intrus. Commence par le gosse....

— Je ne suis pas ton esclave ! beugla la bête, dont le long cou se dressa jusqu'à atteindre la voûte.

— Tant que je suis la gardienne de la Fontaine, tu dois m'obéir !

Le dragon laissa libre cours à sa rage :

— Alors meurs, sorcière !

Il aboya un mot magique : un globe de ténèbres insondables se matérialisa autour du rocher de Sirana. Dépliant ses ailes, l'immense dragon plongea, les griffes en avant.

Au même instant, de brillantes traînées couleur mercure firent éclater le globe. Sirana gesticula frénétiquement : une brume se forma autour d'elle à la seconde précédant le choc.

Crépuscule changea vivement de trajectoire.

Avec un rugissement de frustration, il retourna contre la voûte.

Sirana, épuisée, perdit l'équilibre et tomba dans la Fontaine.

Elle avait lâché la houlette. Celle-ci roula et vint s'immobiliser à quelques pouces du liquide.

— Nous tombons ! cria Daile.

— Aucune de vous, fichues magiciennes, ne peut

faire quelque chose ? tonna Troupier. J'ai déjà pris mon bain annuel !

Ni Evaine ni Listle ne savait que faire. Kern *devait* s'emparer de la houlette à tout prix.

Les eaux métalliques bouillonnèrent ; quelque chose de colossal remontait à la surface... Sirana, à présent haute de quinze mètres ! Des étincelles crépusculaires crépitaient sous sa peau. Elle tendit ses bras démesurés.

— Attaque-moi, maintenant, wyrm !

Hurlant de rage, l'apostrophé fonça sur sa proie. Les deux titans s'empoignèrent.

Les six compagnons, eux, continuaient leur infernale descente, centimètre après centimètre.

Ignorant la douleur des griffes de la sorcière, le dragon tendait ses mâchoires vers son cou. Une douzaine de pointes magiques se fichèrent dans le corps de la bête comme des lances chauffées au rouge.

Enlacés dans une étreinte fatale, le dragon et la sorcière s'enfoncèrent lentement dans la Fontaine de Pénombre.

Les eaux se refermèrent sur eux avec un bruit de succion. Il y eut de légères turbulences à la surface. Puis le silence retomba.

En bon cannibale, le Mal se dévore lui-même, songea le jeune homme.

Se débarrassant de son armure, il fit la sourde oreille aux cris de ses amis et plongea.

L'épais liquide se referma sur lui, sa texture huileuse glissant sur sa peau. Il sentit que l'essence maléfique de la source tentait de l'absorber.

Une masse de toiles d'araignée bleues le propulsa à la surface. Son allergie à la magie le protégeait ! Il nagea en direction du rocher affleurant à la surface ; l'exercice tenait davantage d'une progression dans de la mélasse que de la brasse. Après quelques minutes d'efforts, il atteignit le rocher, s'y hissa et prit la houlette avec prudence.

Puis il réalisa qu'il ignorait quoi en faire.

— L'un d'entre vous sait comment fonctionnent ces choses ? demanda-t-il timidement.

— Ce n'est pas le moment de suivre des cours, mon garçon ! fut la réponse caustique de Troupier.

Les aventuriers n'étaient plus qu'à une dizaine de centimètres de l'eau.

— Je vais t'aider, intervint Evaine. Prends la houlette bien en main et concentre-toi : imagine qu'un fil court de ma taille jusqu'à lui. Commence à le tirer à toi.

— Comme si c'était une canne à pêche ?

— Exactement.

Le cœur battant la chamade, il fit de son mieux. Il n'avait plus beaucoup de temps... Yeux clos, il se concentra de son mieux.

Quelque chose le heurta et faillit lui faire perdre l'équilibre : Evaine l'avait rejoint sur le rocher.

— Pas mal, Kern, sourit-elle. Laisse-moi faire maintenant, si tu veux bien.

Il fut trop heureux de lui tendre la houlette.

Quelques instants plus tard, les amis furent réunis sur la terre ferme, sains et saufs. Sauter du rocher à la berge, avec l'aide des deux sorcières, avait été une plaisanterie.

Et Kern avait même réussi à se débarrasser des toiles gluantes.

Mais remettre son armure ne fut pas une mince affaire !

— Il est temps de lancer ton sort, Evaine, dit Miltiades, solennel. Tu dois détruire la Fontaine.

La sorcière tenait son incantation prête. Elle alluma son petit brasero de cuivre et ajouta des poignées d'herbes séchées et de poudres bizarres. Des étincelles multicolores crépitèrent. Assise en tailleur devant son œuvre, elle prit ensuite un cristal ovale qu'elle déposa au centre du foyer. La gemme pulsa au rythme des flammes.

— Je ne sais pas combien de temps cela prendra. Je n'ai jamais eu affaire à une Fontaine de ce type. Les précédentes étaient ou lumineuses ou ténébreuses. Mais celle-ci est différente... Son essence est *chaotique*. Sa magie remonte à des millions d'années, avant qu'existe la distinction entre le jour et la nuit. Le monde était alors un éternel crépuscule.

— Réussiras-tu à la vaincre, Evaine ? s'inquiéta Kern.

Elle eut un petit rire.

— Il n'y a qu'un moyen de le savoir.

Etendant les mains sur les flammes, elle psalmodia des paroles énigmatiques. Sa voix mourut ; elle se figea complètement, le regard perdu dans le vide.

— Elle va rester ainsi un long moment, expliqua Gamaliel. Il ne faut la déranger sous aucun prétexte. Sinon le cristal éclatera et elle mourra.

Ne restait qu'à attendre. Kern s'assit.

Daile s'écarta du groupe. Elle avait juré de venger son père. Or, Sirana était morte, tuée par le dragon, sans que ses flèches en soient la cause. La haine brûlait encore dans ses veines. Comment tenir son serment, à présent ?

— Combien de temps encore ? s'impatienta Troupier.

Gamaliel haussa les épaules.

— Je ne suis pas thaumaturge. Je ne saurais le dire.

— Que se passe-t-il, Troupier ? s'inquiéta Listle.

— Je ne suis pas certain, mais...

Un gargouillement se fit entendre.

Tous tournèrent la tête : les eaux s'étaient remises à bouillonner.

Dans une gerbe d'écume, une créature titanesque

réapparut, écrasant de sa masse les humains minuscules.

— Par Tyr tout-puissant ! souffla le vieux paladin.

Par quel miracle Sirana et Crépuscule étaient-ils encore en vie ?

Kern comprit le premier : les deux monstres étaient morts, mais la magie de la Fontaine venait d'unir leurs deux carcasses pour les faire revivre sous la forme d'une montagne de chair hideuse.

La bête battit des ailes ; ses bras noueux étaient terminés par des serres. Le long cou du défunt dragon crevait la poitrine de la demi-démone.

La créature commença à marcher en fouettant l'air et l'eau de sa longue queue couverte d'écailles. Les yeux morts de Sirana gardaient une expression de pure malveillance. La Fontaine de Pénombre venait de créer le gardien idéal.

Le dragon ouvrit grand sa gueule, qui dardait du ventre de la démone.

— Attention à son souffle ! cria Troupier.

Kern, Listle et Daile plongèrent à l'abri. Gamaliel se posta devant sa maîtresse, toujours absorbée dans son enchantement. La seconde suivante, Miltiades se campa au côté du familier.

Le monstre cracha un acide âcre qui fit fondre le calcaire des murs et fendit la roche du sol. Un jet atteignit le paladin mort, rongeant l'acier trempé de son armure. Quelques gouttes brûlèrent le chat. Mais Evaine était sauve ; c'était tout ce qui importait.

Le nouveau gardien parvint au bord de la Fontaine, mais il lui était impossible de perdre le contact avec l'eau qui lui avait donné vie. Il tendit un bras colossal pour arracher de la voûte une stalactite et la projeter sur les aventuriers.

Il manqua Kern de peu, mais les éclats de roche brûlèrent la peau du jeune homme, qui leva son bouclier contre le projectile suivant.

Une traînée aveuglante traversa l'espace pour frapper la deuxième stalactite ; elle la dévia et la fit tomber dans la Fontaine.

C'était l'œuvre de Listle, aidée de la houlette.

Le gardien zombi eut beau faire pleuvoir les projectiles sur les intrus, Listle réussit à parer chaque attaque en retournant la magie du monstre contre lui.

Même les flèches de Daile étaient réduites en cendres en plein vol...

Kern, Troupier et Miltiades se rapprochèrent subrepticement de la créature.

Quand le fils de Tarl fut assez près, il lança son Marteau sacré à la tête de l'hydre.

Un tentacule luisant d'eau s'éleva pour s'enrouler à une vitesse sidérante autour de l'arme divine.

Puis il l'attira dans la Fontaine...

Kern rappela aussitôt la relique à lui. La Fontaine semblait protéger son gardien. Comment blesser la créature si le Marteau ne pouvait pas l'atteindre ?

Une stalactite manqua de peu les trois guerriers.

— Listle, que se passe-t-il ? demanda Miltiades.

— Je crois que la houlette a eu son compte...

Morose, elle la jeta.

— Et nous aussi, dans très peu de temps, si on ne trouve pas de solution ! s'exclama Troupier, esquivant un nouveau projectile. Homme-chat, où en est ta maîtresse ?

— Son sortilège n'est pas achevé..., gronda Gam.

— Ce n'était qu'une question, grommela le vieux paladin. N'y vois rien de personnel...

— J'ai une idée ! s'écria l'elfe. Mais je vais avoir besoin de vous pour distraire notre ami à deux têtes !

— Quel espèce de plan tiré par les cheveux es-tu allée chercher ? demanda Troupier, soupçonneux.

— Occupez-vous du monstre et laissez-moi faire, d'accord ?

Elle dessina des arabesques dans les airs. Des étincelles d'argent crépitèrent à ses pieds ; soudain, sa silhouette se brouilla, semblant emportée à une vitesse folle.

Sans plus attendre, les trois guerriers se ruèrent à l'attaque. De nouveaux tentacules métalliques s'élevèrent des eaux pour parer leurs coups. Quelques-uns parvinrent quand même à faire mouche. Criant de rage, celui-ci se pencha pour frapper ses ennemis de ses griffes en forme de faux.

Ainsi, l'hydre ne vit pas l'éclair argent qui fondait sur elle de l'autre côté.

Listle ralentit et toucha l'abomination d'un doigt en murmurant un sort.

Le gardien se redressa et s'immobilisa. Le regard vide - naguère celui de Sirana -, se riva sur l'image d'un ennemi imaginaire. La bête commença à cisailler les airs de ses serres.

Elle avait gobé l'illusion concoctée par l'elfe ! Le zombi mutant combattait maintenant son pire cauchemar. Et s'il se croyait vaincu, les conséquences seraient fatales.

Listle adressa un sourire de triomphe à ses amis.

Soudain, le gardien pivota, fouettant l'air de sa queue de serpent. L'elfe fut projetée à plusieurs mètres de là.

— Non ! hurla Kern.

Une main sur son épaule l'arrêta :

— La bataille n'est pas finie, dit Troupier, l'air grave.

Une illusion pouvait-elle... *Listle* pouvait-elle... mourir ?

Daile approcha, arc en main. Elle était plus déterminée que jamais à venger Ren, et peut-être la courageuse Listle.

— *Ne me déçois pas maintenant, arc*, pria-t-elle.

— Je n'ai rien d'un sorcier, dit une voix calme

derrière elle, mais je sais que ta flèche brisera l'enchantement de Listle...

Daile s'immobilisa.

Gamaliel se posta devant elle, impassible comme à son habitude. Quelque chose dans son regard félin l'empêcha de tirer et de venger son père tant que l'occasion lui en était donnée.

— Une seule flèche ne l'abattra pas, continua le familier. Souviens-toi de ce que je t'ai dit. Parfois, ceux qui ont le *don sauvage* s'oublient dans l'excitation de la chasse. Mais ceci n'est pas ta chasse, Daile. (Il désigna Kern d'un hochement de tête :) C'est la sienne. Mais ne crains rien, tu auras maintes occasions de faire honneur à la mémoire de ton père.

Lentement, elle baissa son arc.

— Je l'honorerai, murmura-t-elle d'une voix rauque.

— Kern ! gronda Troupier. Le sortilège de Listle ne durera plus très longtemps ! Frappe maintenant ! Utilise le Marteau de Tyr !

Hébété, le jeune homme se mouvait avec lenteur, comme dans un cauchemar.

— La vie n'avait pas de prix pour Listle, dit gravement Miltiades. Elle a pourtant sacrifié son existence pour notre quête. Fais que son geste n'ait pas été inutile.

Ces paroles le touchèrent au cœur. Sa peur, sa colère et sa confusion s'évanouirent.

Le monstre était encore aux prises avec une créature que seuls ses yeux grotesques voyaient.

Avec un cri destiné à son dieu, Kern lança le Marteau sacré.

Cette fois, les tentacules qui s'élevèrent pour l'intercepter furent écrasés par l'impact. L'arme frappa le gardien à la poitrine.

Des éclairs bleus clouèrent le zombi géant sur place. Le Marteau revint se nicher dans la main du jeune paladin.

— Que se passe-t-il ?

Evaine avait recouvré ses sens. D'une main, elle tenait la gemme baignée des flammes magiques du brasero.

— Est-ce fini ? demanda Miltiades.

— Oui. Quelque chose me dit que j'ai manqué le plus beau de l'histoire...

— On te racontera ! s'écria Kern. Il serait judicieux de détruire la Fontaine...

— Avec grand plaisir.

Elle jeta la gemme dans l'eau épaisse.

Le cristal s'enfonça lentement.

Rien ne se passa.

Puis une lueur verte apparut à l'endroit où avait sombré le cristal.

— Que se passe-t-il ? cria Kern pour couvrir le tumulte.

— La Fontaine lutte, cria Evaine. Mais la magie de la gemme sera la plus forte, car elle est *ordonnée*, alors que le *chaos* commande à l'eau fétide.

Le zombi mutant tempêta en vain contre l'enchantement.

La Fontaine pulsait maintenant au rythme *logique* du cristal. Ténèbres. Lumière. Ténèbres.

Les vagues refluèrent. La surface se vitrifia. Même le dragon se pétrifia, sa gueule figée sur un hurlement silencieux.

La source devint d'un noir si intense qu'il parut absorber la lumière ambiante. Kern en eut la vue blessée. Il compta dix secondes dans un silence étouffant. Une lueur aveuglante jaillit ; tout devint blanc. Le rayon sembla incendier la chair comme le roc. Dix autres secondes passèrent. La luminosité s'estompa.

La Fontaine de Pénombre n'était plus.

Une crevasse s'ouvrait à leurs pieds. Seuls subsistaient au fond les os mêlés de la demi-démone et du dragon noir.

Ils s'émiettèrent sous les yeux des aventuriers.

Epuisée, Evaine vacilla. Gamaliel la rattrapa. Elle sourit faiblement.

— Sacré bon sang, j'adore ça !

*
* *

Le corps entier de Tarl vibrait de lumière. Un rayonnement saphir coulait de lui et en lui, étayant la barrière magique qui résistait toujours aux monstrueux envahisseurs.

La foi du prêtre restait pure, mais ses forces diminuaient. Sa chair était trop faible pour endurer pareille torture. Quoi qu'il pût advenir, Tarl savait qu'il avait fait tout ce qui était *humainement* possible.

— La fin est proche, murmura sœur Sendara à Anton.

— Par Tyr, je vois au travers de ses mains ! souffla le patriarche. Elles sont faites de lumière, comme le mur !

Mais le mur, justement, brillait moins fort. Quand il disparut, l'armée de morts-vivants se rua en avant avec des cris de triomphe. Quelques instants encore, et ils violeraient le sanctuaire de Tyr.

Tarl se vida de sa substance ; il se sentit devenir immatériel. Il canalisa ses dernières énergies, regrettant seulement de n'avoir pas pu faire ses adieux à son fils.

Les zombis avançaient.

Brusquement, ils s'immobilisèrent.

Partout, les morts-vivants s'écroulèrent comme des marionnettes aux cordes coupées. Leurs carcasses se mirent à bouillonner puis s'évaporèrent dans un nuage jaune délétère.

Un vent glacé chassa les émanations toxiques...

— Tarl, abandonne les portes ! cria sœur Sendara.

C'était dur, tellement dur... Le pouvoir coulait en lui comme les eaux submergeant un barrage brisé. Le courant faillit l'emporter. Il fit appel à ses dernières forces pour résister.

La luminosité disparut à son tour.

Tarl s'effondra. Etait-il mort ou vivant ?

Péniblement, sa poitrine se souleva.

— Grâce soit rendue à Tyr ! Il est vivant !

Hébété, le prêtre n'avait conscience que d'une chose : Kern avait réussi ! Son fils avait réussi !

*

* *

Kern fut le premier à rejoindre Listle.

Elle vivait encore, mais à peine. Il la souleva avec mille précautions ; elle pesait comme une plume entre ses bras.

Il l'étendit sur le manteau de Miltiades. Son rubis luisait faiblement.

— Sa vie ne tient plus qu'à un fil, dit Evaine, posant la main sur l'épaule du jeune homme. Je crois que c'est son collier qui la maintient en vie.

Le rubis noircissait à vue d'œil.

— Ne peux-tu rien faire ? demanda Kern, désespéré.

Elle secoua la tête.

— Ma magie ne peut rien pour elle. Seul un authentique paladin peut la sauver.

C'était le don le plus précieux qu'accordait Tyr à ses fidèles : celui de guérir en imposant les mains.

Kern implora Troupier du regard. Il s'agenouilla et

posa les mains sur les temples de la jeune fille, qui frissonna.

— Miltiades, aide-moi.

Le paladin mort s'agenouilla près du vénérable guerrier. Une aura bleue illumina l'agonisante.

Le front plissé, Troupier se redressa :

— Nous l'avons soulagée, mais ce n'est pas suffisant. Ses blessures sont trop graves.

— Elle ne peut pas mourir ! cria Kern d'une voix rauque.

— Pourquoi ? répliqua Troupier. Parce qu'elle est une illusion ? C'est ce que tu imagines ? Dans ce cas, tu es plus idiot que je le croyais, Kern Desanea, et tu m'as fait perdre mon temps.

Il tourna le dos au jeune homme, le laissant bouche bée.

— Un troisième paladin pourrait la sauver, ajouta Miltiades de sa voix sépulcrale.

— Qui ?

Le guerrier d'un autre temps le fixa de ses orbites vides.

Les épaules de Kern se voûtèrent.

— Mais je ne peux pas, Miltiades. Je n'ai aucun pouvoir : je suis un aspirant paladin, rien d'autre.

— Si c'est ce que tu crois, il en est sûrement ainsi.

Evaine, Gamaliel, Daile - tous le regardèrent tristement, sans intervenir.

La décision lui revenait.

Kern se décida. La confusion fit place au calme.

— Non, Miltiades, reprit-il d'un ton ferme. Je me trompe : je *suis* un paladin. (Il posa la main sur le front de Listle.) Par Tyr, je crois que je le suis.

Le halo azur s'intensifia. Un instant, la respiration de l'elfe s'arrêta. Puis sa poitrine se souleva et s'abaissa normalement. Son rubis s'illumina.

La lueur bleue s'effaça.

Listle bougea ; ses yeux d'argent se rouvrirent.

— Pourquoi tous ces sourires idiots ? murmura-t-elle.

Kern éclata de rire. Il la remit debout et la serra dans ses bras.

Effarée, elle ouvrit la bouche, mais aucun son ne sortit de ses lèvres.

Pour la première fois de sa vie, Listle Onopordum ne trouva rien à dire.

CHAPITRE XX

PROMESSE DE PALADIN

A l'ombre d'une gigantesque stalagmite, tandis que les autres pansaient leurs plaies, Troupier, légèrement nimbé d'azur, discutait avec un interlocuteur invisible :

— Je ne sollicite aucune faveur, tu le sais. Ai-je demandé une récompense pour avoir sauvé des kobolds la princesse procampurienne qui avait un petit pois en guise de cervelle ? Non ! M'attendais-je à la moindre rétribution pour avoir anéanti le culte bestial de Malar, quand la grand-route, depuis Cormyr jusqu'aux cités des Caravanes, était infestée de chacals galeux ? Non ! Me suis-je plaint quand il a fallu m'enfoncer dans les égouts pour espionner la plus grande taupinière de gobelins de Féérune ? (Il inclina la tête, écoutant la réponse.) Oui, bon, je me suis peut-être plaint un peu... Mais il m'a fallu trois ans pour me débarrasser de la puanteur !

« Qu'importe ! Cette fois, tu m'es redevable pour le jeunot. Le voilà paladin, ce qui signifie que ma tâche est terminée. Il est temps, Tyr. J'ai connu une vie longue et fertile en rebondissements. D'autres n'ont pas eu autant d'occasions de te servir... Miltiades veut faire après sa mort tout ce qu'il n'avait pas pu accomplir de son vivant. Une vie pour une autre, n'est-ce pas juste et naturel ? Je suis prêt ! »

L'aura bleue sembla éclater, puis elle disparut brutalement.

*

* *

— Miltiades ! s'écria Evaine. Que se passe-t-il ?

Le chevalier mort vacilla. Tous se retournèrent. Des filaments d'énergie azur s'enroulèrent autour de lui et soulevèrent sa visière.

— Ma quête s'achève. Tyr me rappelle à lui.

Miltiades tomba à genoux.

— Non ! s'écria la sorcière.

Le paladin d'outre-tombe s'écroula, foudroyé. Un épais silence se fit. Kern le rompit le premier :

— Je suis désolé, Evaine. Personne ne le remplacera jamais...

— Il fut le premier à me comprendre vraiment, ajouta Listle, les yeux voilés de larmes. Il me manquera.

L'armure brillante bougea. Le paladin se releva.

— Miltiades ! soupira Evaine, soulagée. Est-ce que ça va ?

— Je crois, répondit-il d'une voix étrange.

Hésitant, il leva sa visière.

Abasourdie, comme les autres, la sorcière tendit la main...

... Et toucha une peau vivante.

— Que se passe-t-il ? s'inquiéta Miltiades. Pourquoi pleures-tu, Evaine ?

Sans répondre, elle ôta le gantelet du paladin,

libérant une main parfaitement humaine.

— Au nom de Tyr ! murmura-t-il. Je suis *vivant*...

Folle de bonheur, la sorcière éclata de rire et se jeta au cou du beau paladin.

Au bout de quelques instants, Listle se racla la gorge.

— Désolée de t'interrompre, Evaine, mais il y en a d'autres qui aimeraient exprimer leur joie à Miltiades.

Les compagnons s'étreignirent en riant.

Plus tard, ils retrouvèrent Troupier, immobile dans un coin, un petit sourire sur ses lèvres mortes. Les grands rayons de soleil filtrant de la voûte embrasaient ses cheveux.

— Il arpente les salles d'honneur, à présent, dit Miltiades.

Listle pleura à chaudes larmes, soutenue par Daile, qui fit de son mieux pour la réconforter.

Kern ne fit rien pour cacher son chagrin.

*

* *

Par un brillant solstice d'hiver, Kern restitua le Marteau sacré de Tyr au temple de Phlan.

Le printemps s'annonçait plus radieux que jamais. Après une longue succession d'épreuves, un paladin légendaire était de retour parmi les vivants ! La ville n'avait plus rien à craindre.

Heureux, Kern alla retrouver sa mère.

— Te voilà devenu un bel homme, mon garçon, murmura-t-elle.

— Merci, mère, dit-il en rougissant.

La relique sacrée avait sauvé Shal.

Tarl sourit à son fils. La restitution de l'arme ne l'avait pas guéri de sa cécité, mais il acceptait son sort avec stoïcisme.

Le lendemain, Phlan commença à changer.

Même si les rues demeuraient sales et sinistres, et les édifices dans un triste état, de petites touches d'amélioration se remarquaient partout. Une forte brise venue de la Mer de Lune commença à chasser le nuage noir qui planait sur la ville.

Un peu hébétés, comme au sortir d'un cauchemar, les gens regagnaient peu à peu leurs logis.

La vie recommençait.

Bien sûr, il faudrait longtemps avant que Phlan soit entièrement libérée du Mal. Des années seraient peut-être nécessaires. Mais la décadence avait été enrayée. Les prêtres de Tyr concoctaient déjà des plans pour accélérer la reprise des activités.

Kern retrouva ses compagnons à la tour de Denlor. Daile empaquetait ses affaires :

— Si je ne retourne pas bientôt dans la Vallée des Chutes, les orcs vont s'imaginer qu'ils sont chez eux !

Riant, le jeune homme l'étreignit.

La fille de Ren les quitta, promettant de revenir bientôt. Kern la regarda échanger quelques mots avec Gamaliel dans la cour...

— Je viens de parler avec Brookwine et Winebrook, dit une voix dans son dos. Primul part bientôt.

— Quand te fatigueras-tu de me jouer des tours ? soupira le jeune paladin.

— Probablement jamais ! dit Listle.

Soudain, il réalisa...

— Comment ça, Primul part ?

— Lui et les deux mages vont tenter de trouver une autre cachette. Les sbires de Sifahir ont failli nous avoir. Primul veut être certain d'être hors de danger.

— Vas-tu partir avec lui ?

L'angoisse l'étreignit.

L'elfe lui lança un curieux regard.

— C'est ce que tu désires ?

— Je veux que tu sois en sécurité, Listle. Si ce sorcier...

— Ce n'est pas ce que je t'ai demandé.

Il réfléchit un moment.

— Non. Je veux que tu restes.

— Tant mieux pour toi. Parce que tu ne te débarrasseras plus de moi, Kern Desanea !

Etait-ce une récompense ou une punition ? Listle était une femme à surprises. Quelque chose lui disait qu'il n'était pas au bout des siennes... Qu'importait. Il savait qu'il aurait toujours une place dans son cœur.

Elle se hissa sur la pointe des pieds pour poser un baiser espiègle sur ses lèvres.

Puis elle se déguisa de nouveau en courant d'air.

Kern resta immobile, perdu dans ses pensées. Il songea à la tour noire qui se dressait sur les rocs, battu par les vents et la houle... Il en eut la chair de poule.

— Sifahir ne te fera plus jamais de mal, murmura-t-il. C'est moi, un paladin, qui en fais le serment.

*

* *

La lune s'était levée, baignant la cité de fils de la Vierge. La tour de Denlor était tranquille. Seules deux silhouettes veillaient sur un balcon, bravant le froid nocturne.

La sorcière aux traits accusés n'était pas vraiment belle, mais la lumière nacrée adoucissait son expression.

— Nous avons tous deux eu une seconde chance,

Evaine, déclara Miltiades. A nous de savoir ce que nous en ferons.

Subjuguée, elle écoutait, sa voix débarrassée des échos caverneux.

— Ma décision est prise, répondit-elle, fascinée par l'éclat de ses yeux noirs. Il reste des Fontaines à détruire en Féérune. Je ne peux renoncer à ma mission.

Il hocha la tête.

— J'ai aussi des tâches à accomplir. Certaines choses sont en souffrance depuis des siècles !

Il la prit dans ses bras quand la fraîcheur nocturne la fit frissonner.

— Nous avons toute la nuit..., murmura-t-elle.

Ils s'étreignirent avant de rentrer dans leurs appartements.

Quelques instants après, une silhouette sortit de l'ombre. Gamaliel sourit.

Puis sa forme se brouilla.

Un chat au pelage fauve disparut dans l'obscurité.

Il y avait tant de chose à voir dans Phlan !

Achevé d'imprimer en juillet 1996
sur les presses de Cox & Wyman Ltd
(Angleterre)

— N° d'imp. 2865. —
Dépôt légal : septembre 1994.
Imprimé en Angleterre